Alguna vez Cortázar dijo que se había
que usar todas las palabras.
Para mí, escribir occidental y
primerizo, no hubo otra
por piedad. Aquí van (para
Isaac y Berta, que hacen
que la felicidad es posible.

ANDREFM Ben. Montalbán

berta @ cf. s

La sonrisa vertical

Colección de Erótica dirigida
por Luis G. Berlanga

Dante Bertini

Salvajes mimosas

TUSQ**UETS**
EDITORES

1.ª edición: septiembre 1994

Diseño de la colección: Clotet-Tusquets
Diseño de la cubierta: BM
Reservados todos los derechos de esta edición para
Tusquets Editores, S.A. - Iradier, 24, bajos - 08017 Barcelona
ISBN: 84-7223-449-5
Depósito legal: B. 22.810-1994
Fotocomposición: Foinsa - Passatge Gaiolà, 13-15 - 08013 Barcelona
Impreso sobre papel Offset-F Crudo de Leizarán, S.A. - Guipúzcoa
Libergraf, S.L. - Constitución, 19 - 08014 Barcelona
Impreso en España

Indice

El tiempo ha pasado, y pese a que tú no estás,
ha llegado este febrero con nuevas mimosas.
Tanto uno como otras sólo tienen en común,
con aquellas de ayer, el nombre, la apariencia;
también cierta luz que se desvanece a cierta hora,
un color semejante, los manotazos de aroma.
En febreros anteriores, lo que hoy
es desolación fue incertidumbre, y estas flores
vinieron a tu mano como un homenaje distraído
de la vida que tanto apurabas. Nunca te dije
que eran como tú: espléndidas y desordenadas,
y que también como tú, me gustaban
hasta el hartazgo, hasta desear convertirme,
silenciosamente, en ellas. Ser para siempre
este ramo de inútil belleza cortada, casi muerta,
que hoy arrojo con dolor sobre esta tumba
que no te mereces.

El cuarteto de Barcelona

—¡Me cago en Dios! La luz está cortada... ¡Tener que comerme este marrón justamente hoy!

El hombre cierra con rabia la puerta tras de sí y enciende una pequeña linterna de plástico naranja que llevaba, simplemente por precaución, en uno de los bolsillos exteriores de la chaqueta. El pequeño recibidor donde se encuentra tiene forma romboidal y sirve de acceso a dos habitaciones: una a la izquierda, con la puerta entrecerrada, y otra a la derecha, sin puertas: un cuarto amplio con estanterías rebosantes de libros y papeles, aparatos de música, discos y casetes, algunos objetos de vidrio y cerámica y varias fotografías de personajes famosos que el intruso desconoce. Son retratos clásicos de Jean Cocteau, Jessye Norman, Gary Cooper, Albert Camus, Tallulah Bankhead, Alfred Hitchcock, Jorge Luis Borges y uno de Pablo Picasso haciendo un paso de baile en su casa de Vallauris.

Una mesa compuesta por dos sencillos caballetes de metal y una tabla rectangular cubierta de formica negra, más una antigua butaca giratoria de oficina, forman, a juzgar por el pequeño ordenador personal, la resma de papel en uso y varios cacharros blancos con lápices y bolígrafos, el rincón habitual de trabajo de los habitantes de la casa. De pronto, el visitante se pregunta si está solo en el piso. Vuelve sobre sus pasos y empuja con la punta de un pie la puerta entreabierta del otro cuarto, enfocando la linterna hacia el interior. El haz de luz se detiene sobre un cuadro que representa a una pareja desnuda: es preciso, frío; desprende la misma ambigua y perversa sensualidad de toda la habitación, dominada por la gran cama de matrimonio deshecha a medias y con un edredón de algodón crudo que deja ver las sábanas, de color borravino tan espeso como la sangre coagulada. Hay media docena de cojines sobre el lecho y otros tantos dispersos por el suelo, todos de tamaño, color y textura diferentes. Una pequeña mesa de metal pintado en negro sostiene infinidad de objetos, desde un televisor Sony portátil hasta un falo rosado que parece tallado en jabón y del cual cuelga una tarjeta desmesurada con una leyenda manuscrita: «A Enrique Izabi, para que nunca se olvide de sus amigos», además de varios montones de libros que amenazan desbordarla por todos los lados. El hombre de la linterna se acerca y comienza a cogerlos uno a uno: *Frida Kahlo, Antología Poética de Luis Cernuda, Pequeño Larousse Ilustrado, El cuerpo tiene sus razones, Two Serious Ladies,* un lujoso y pesado libro con imágenes pornográficas orientales que separa del resto, poniéndolo sobre la cama, *Le Cinéma selon Hitchcock, Guide to the Cats of the World, Obras Completas de Jorge Luis Borges, Music for Chameleons and Others Tales...*

Al manipular un pequeño tomo de poesía contemporánea inglesa editado por la Harvis Spencer Bros. Library, de Springfield, Illinois, varios billetes de mil pesetas caen al suelo. Sin detenerse a pensarlo, el

hombre que sostiene la linterna, un corpulento cuarentón de manos cuadradas, los mete en un bolsillo
interior de su chaqueta negra de algodón y polyester.
(Tejanos de color claro, muy ajustados sobre los
muslos carnosos, una camisa estampada con motivos
geométricos algo desvaídos y zapatillas de deporte impecablemente blancas y suficientemente usadas, completan, con la prenda depositaria del dinero, su nada
particular atuendo.) Siguiendo con la exhaustiva inspección literaria, y bajo unas historietas de Tintín y
Astérix, el hombre de las zapatillas deportivas descubre varias revistas pornográficas de expresivos títulos:
*Los perversos amigos del delicado Andrés, Penetraciones
reiteradas, La vía estrecha de Juanita Pendón, Al derecho
y al revés, ¡qué guarros son estos tres!* Todas son de
ediciones Anfora, Barcelona, y la última parece llamar
especialmente su atención: en la tapa, una mulata de
senos exagerados, apenas cubiertos por el sostén mínimo de encaje rojo, mantiene en la mano derecha,
muy cerca de su boca sonriente con lengua asomada,
un venoso miembro de glande excesivo, mientras con
la mano izquierda se acerca a la oreja del mismo lado
otro sexo que no tiene nada que envidiar al anterior,
aunque su color, chocolate oscuro, es muy distinto al
blanco sonrosado del primero. El título, recortado en
gruesas letras amarillas sobre el fondo azul cobalto de
la portada, *¡Hola! Aquí Enculadas S.A.,* produce un
movimiento involuntario en la entrepierna del detec-
tive Bigati. Sentándose sobre la cama, comienza a ho-
jearla. Una operación extremadamente difícil, teniendo
en cuenta que la mano izquierda todavía sostiene la
linterna. Acerca hacia sí la mesa rodante y coloca el
cilindro de plástico naranja de forma que la luz se di-

rija a la revista que ha puesto a descansar sobre sus muslos.

En ese momento comienza a pensar que ha engordado bastante desde que abandonara su trabajo en el gimnasio; que los pantalones ceñidos hacen mejor figura, pero impiden ciertos movimientos; que la negra tiene un coño hambriento que se lo traga todo; que mejor desabrocharse el cinturón y descansar un rato; ¡que vaya trozos que tienen estos tíos!; que cómo alivia abrir un poco la cremallera; que el negro se la ha metido por el culo hasta los cojones y la tía se sonríe como si nada; que, mira por dónde, se le ha puesto tiesa a él también; que no tiene por qué sentir envidia por los tipejos de las fotos, porque lo que pueda faltarle de tamaño le sobra de habilidad; que ahora el otro se la está metiendo por delante, y ella, con dos rabos dentro, tan contenta; que vaya culo tiene el rubio, que ni un pelo, que parece un culito de niña; que mira ahora la mulata, cómo se ha sentado encima de las dos tan gruesas; que estos tíos se lo pasan bomba y encima se forran; que hay que ver la cantidad de leche que echa ese hijo de puta —negro cabrón, qué polla tiene, parece un boniato— y toda en la lengua de la negra que sigue sonriendo, que ya la haría gritar yo, metiéndole ésta, seguro que esos maricones no la follan bien, si no no se reiría tanto, le dejaría el culo como... ¡mierda!... menos mal que al menos estos pervertidos son previsores y siempre tienen pañuelos de papel al lado de la cama.

Al estirar el brazo hacia los Kleenex, su mano descubre un pequeño objeto frío: un reloj rectangular de pulsera, dorado y con la correa de cuero marrón. Lo acerca a la luz y puede leer sobre la esfera blanca la palabra Cartier. «No está mal», dice en voz alta y lo mete en el bolsillo de la chaqueta, haciendo compañía a las pesetas. Mientras se alegra de tener un buen regalo para llevarle a la patrona, el semen se ha licuado y comienza a deslizarse por el vientre amenazando al edredón. «¡Carajos!», y asustado de su propia voz, se dice en silencio que nada de esto sería necesario si su mujer no fuera tan esquiva a la hora de poner la carne al asador. Tan metido como está en sus pensamientos, tan ocupado en desprenderse del pañuelo que usara para limpiarse el pene tan pegajoso, apenas se sorprende al encontrar ese cuerpo tan inmóvil, ese cuerpo allí, tan quieto debajo de la cama, con los ojos tan abiertos, mirando fijamente los listones de madera, tan recomendables para el descanso corporal. Finalmente, un encargo tan sencillo hasta el momento, venía a complicarse, tan de pronto, con un hecho de sangre. Mira su reloj suizo tan de plástico para corroborar la hora. Las once ya. No... tan, dice la última campanada: son las doce.

—Las doce de la noche, y yo con un fiambre sin destino.

Después de comprobar que el cuerpo era cadáver, Bigati apaga la linterna: una forma sencilla de hacerlo desaparecer sin complicaciones. Si no hubiera sido porque su profesionalidad se lo impedía, hubiera permitido que el sueño lo venciera allí mismo, sobre esa cama especialmente mullida, en esa habitación cálidamente acogedora pese a la presencia cercana de la muerte.

De pronto, un fogonazo inesperado lo saca del adormecimiento. La luz ha vuelto; despejando incógnitas, dando una nueva dimensión a todo lo que lo rodea; mostrando que ni el cuarto es tan perverso ni la sensualidad es tanta, y que, al margen de cualquier tipo de consideración posterior, a la habitación le vendría bien una mano de pintura. O dos, sobre todo en las proximidades de la cama, donde parece que alguien se hubiera entretenido caminando por las paredes.

Vuelve a mirar su reloj, el modelo Far West de una conocida marca suiza. La manecilla más larga —un rifle de estilo Winchester— está apuntando el seis.

—¡Dios! Ya son las doce y media.

Y él sin probar bocado desde el mediodía.

La nevera está prácticamente vacía. Dos huevos —es absurdo ponerse a cocinar allí, cuando jamás, ni en la intimidad de su apartamento, se permite hacerlo— un poco de mantequilla, una lata de galletas, un trozo de queso roquefort, dos tomates pasados y una botella de agua mineral Evian. En el congelador se amontonan espinacas troceadas, croquetas de verdura, merluzas rebozadas y otro pan de mantequilla sin abrir. Finalmente, Bigati saca la lata de galletas danesas —¡extraño lugar la nevera para conservarlas!—, el queso y la botella, y se dirige al salón, dispuesto a acallar un poco al estómago. Despeja sin miramientos la mesa de trabajo y acerca una butaca. Una vez sentado, destapa la lata y se encuentra con una nueva sorpresa: las galletitas no existen. En su lugar hay cartas, notas y sobres, los últimos dirigidos siempre al señor Enrique Izabi. El hombre de las zapatillas gastadas se mete en la boca un trozo de roquefort, y mientras el amargo sabor picante le distrae el hambre, comienza a leer una carta escrita a mano sobre la hoja arrancada de un cuaderno espiral. La letra —clara, aunque pequeña y nerviosa— trata de conservar la hori-

zontalidad pese a la inexistencia de renglones, pero el
intenso rotulador rojo hace bailar las palabras sobre
el amarillo vibrante del papel.

Barcelona, verano de 1991

Querido padre:

Anoche soñé con usted. Yo estaba como siempre, más nostálgico que nunca, y decidía darme un
paseo por la casa paterna que, aunque muerta, se
conservaba en pie, como los árboles de Casona.
Todavía recuerdo aquella lacrimógena película de
mi infancia en la que una actriz de la época, Ama-
lia Sánchez Ariño, jugaba a ser en la ficción lo que
casi probablemente fuera en la realidad: una an-
ciana bondadosa, comprensiva, noble; tanto como
sólo las abuelas extranjeras de clase alta podían
serlo. Aunque estaba siempre al borde de la
muerte y cercada por angustiosos problemas de
todo tipo, conservaba en la voz ese tono grave-
mente melodioso, esa perfecta dicción que ya hubiera querido para sí la señora María Esther, mi
inigualable profesora de Lengua Castellana, la que
con absoluto descontrol me recomendó que leyera
a Jean-Paul Sartre y a Camus a los trece años,
cuando la literatura era para mí el Robinson Cru-
soe de Daniel Defoe, las educadas mujercitas de
Louise May Alcott y algunos pocos cuentos de la
Alhambra.

La casa de Rivadavia y Medrano —en realidad
Salguero, pero Medrano era estación de metro, lo

que la hacía más prestigiosa y conocida— tenía escaleras de mármol con pasamanos de madera y en el primer tramo entrando, entre la puerta de calle y la que en familia llamábamos cancel, mi primo y yo nos echábamos unos polvos de novela arriesgándonos a todo sin importarnos nada. Solamente la inconsciencia y el calor del erotismo adolescente podían convertir aquellas puertas, con vidrios levemente velados por cortinas de voile, en murallas infranqueables para las miradas familiares.

Yo lo despreciaba y jamás permití que me besara en la boca. Extrañamente no despreciaba su semen, y solo saber que él estaba detrás de mí en la oscuridad de la sala, desabrochándose la bragueta, me ponía tan caliente que hasta en el recuerdo me arde todo el cuerpo. Quizá de allí venga mi adicción desenfrenada a la televisión: era otra excusa para encerrarnos y, nuevamente escudados por puertas acristaladas, entregarnos a nuestra pasión perversamente incestuosa. Eramos primos carnales —nunca mejor dicho— y yo siempre supuse que como nuestras madres eran hermanas, casi de la misma edad y de un asombroso parecido, usted papá, y el marido de mi tía, se entendían con ambas sin distinguirlas.

El, mi primo, me hizo conocer el sexo, eso que yo entreveía como algo extraño y necesario. Me educó a su manera y, con el paso de los años, fui comprendiendo cada vez más el significado profundo de su nombre: Angel. En aquella época todos le decían Pelado, una manera atroz de recordar alguna historia de su infancia y, al mismo tiempo, de quitarle las plumas para no permitirle volar. Cuando se casó con una ingenua rubia de barrio, y poco después, transformado en un obeso alcohólico taciturno, me rondaba con sus deseos tan intactos como el primer día, todo el mundo ya había aprendido a llamarlo por su nombre. No había peligro de que se escapara. Fue entonces que aquella entrepierna prodigiosa perdió todo su hechizo, se disolvió entre la muchedumbre, obligándome a iniciar una búsqueda que se confundiría con la de mi propia identidad. Nunca, sin embargo, ni en mis relaciones más profundas y afortunadas, el sexo volvió a tener aquella desgarrada intensidad. Nunca más volví a ser tan violentado; jamás tampoco, tan salvajemente disciplinado. La única escapatoria frente a aquel atropello de placer que amenazaba con convertir a ese chico taciturno que yo era en una más de las sometidas mujeres que poblaban la casa, fue lo que los demás llamaron mi sensibilidad. Aquella mezcla atormentada de un mundo ajeno —palpable pero siempre lejano— donde todo era perfecto y la gente se quería con las manos entrelazadas y el cuerpo cubierto de ropa elegante entre suaves paisajes europeos, y el mío propio, real y caótico, donde las madres no hablaban en francés, no tocaban el piano y ni siquiera jugaban a la canasta. Eran inútiles los esfuerzos de mamá por ser perfecta en el cuidado de la casa; por mantener el orden de los cajones y la limpieza de las escaleras; por inventar con la única ayuda de sus libros de cocina manjares exquisitos con las sobras del mediodía. Todo se estrellaba contra un pensamiento omnipresente: no era una mujer elegante, y su ropa, su manera de hablar y su incultura, me lo demostraban a cada momento. Tampoco tenía amigas que la llamaran por teléfono para invitarla a salir y muchas veces confundía las palabras difíciles. Cuando crecí y supe leer, descubrí por sus cartas que era semianalfabeta, una vergüenza que arrastré como un pecado propio y que ocultó ante mí toda su ingenua ternura, la infantil fantasía que le hacía decir desde la distancia: «Me gustaría ser pajarito para volar junto a ti». No sé si alguna vez fue consciente de mi deseo de apartarme de ella, de mi necesidad de huir de esa cotidianidad asfixiante y barata, repleta de tías y primos impresentables, de conversaciones vulgares, de problemas humanos que sólo se presentaban a aquella clase de gente. Yo había heredado tu refinamiento, papá. Sabía valorar los muebles de la casa, la vajilla de la casa; todo aquello que te pertenecía, que pertenecía al mundo real: aquel que sin razón alguna habíamos perdido y estaba dispuesto a recuperar. Durante años odié tu casamiento como si mi existencia hubiera dependido solamente de ti, noble personaje etrusco a quien alguna desairada hada maligna había castigado con ese hechizo que yo estaba dispuesto a romper con mis encantos. Frente a tu distanciada grandeza y tus espaciadas visitas, mamá sólo era cariñosa, excesiva, imperfecta. También el primo Angel era un hijo de esa parte de la vida. Mayor que yo, doblándome en edad, no tenía siquiera estudios primarios. El día que, orgulloso, me mostró una ilustración que había hecho en su cuaderno para conmemorar el primero de mayo, me reí de él. Un obrero vestido de fiesta empuñaba una pala sonriente que decía: «hoy no trabajo». Aquella ridícula pala habladora parecía una broma excesiva para los años sesenta y mucho más para mí, que, libre aún de la influencia pop, creía en los grandes valores del arte y la cultura universales. De cualquier manera, no sé cuánta perversión hubo en mi desprecio. Frente a la burla, su cara cambió inmediatamente de expresión: los ojos enormes humedecieron su oscuridad y en la boca de dibujo humorísticamente sensual, apareció un rictus amargo de resentimiento dolorido. Esa misma tarde se cobró mi infantil pecado de soberbia con todo el dolor que su miembro pudo producirme y yo pude corroborar una vez más que mi recién despierta sensualidad estaba inevitablemente unida a la vergüenza.

A usted, papá, posiblemente esta confesión le parezca innecesaria y de mal gusto. Yo debo hacerla. Hoy el calor es tan intenso como mi desesperanza, y la única manera de no pensar en la autodestrucción es escribirle esta carta. Hace años, usted me levantaba con un solo brazo hasta hacerme tocar el techo. Aquel acto tenía para mí la grandeza de una escena bíblica y la intensidad fragmentada de un sueño. Crecí, creyendo que algún día otro dios más privadamente mío, tan hermoso y joven como aquel que usted fue en mi infancia, me elevaría por los cielos, logrando que me entregara a él en cuerpo y alma, sin temor ni repugnancia. En mis sueños no había cabida para aquel primo de provincias: una persona media de estatura media, con gustos que yo suponía vulgares y una capacidad sexual que, al ser la primera que conocía, supuse normal. Su disposición constante a mi deseo, la inalterabilidad de sus erecciones, aquel olor acremente animal de su cuerpo en las siestas familiares, el cambio inmediato en la expresión de su cara frente al menor roce de su cuerpo con el mío, la bestialidad sonora de sus eyaculaciones, lo hacían demasiado cercano. Yo detestaba aquel placer animal que me recordaba a mi madre retorciéndose en la cama, debajo de un hombre en el que me negaba a reconocerte, papá; ese horror quirúrgico de sangre y sábanas humedecidas, de pliegues que escondían las máscaras cotidianas del pudor. Sin embargo, bastaba que Angel desprendiera parsimoniosamente los botones de su braueta y quebrando la pelvis hacia adelante extrajera su poderoso aparato, completo y en expansión, para que yo me arrodillara ante él devotamente, permitiendo que mi boca fuera el estrecho y poco profundo receptáculo de su miembro fragante; que mi lengua jugara con las diferentes calidades de su piel; que mi cabeza toda fuera un objeto sin resistencias entre sus manos hábiles, un objeto que él usaba para proporcionarnos placer. En cada encuentro me enseñaba algo más sobre el amor, abriendo una nueva porción de mi cuerpo a sus necesidades, creando en mí dimensiones que quedaban deshabitadas y ansiosas cuando él las abandonaba. Latiendo, en carne viva, aquellos espacios vacíos esperarían inquietos la irrupción desmesurada de sus músculos. Todos los rincones de aquella casa tuya, papá, en la que tan poco tiempo estabas, eran preciosos para nosotros. Todos también de la misma peligrosa incomodidad, la que me obligó más de una vez a sonreír con la boca cerrada y llena de semen ante la aparición inesperada de parientes o vecinos. Otras, escondido en un armario o detrás de algún sofá imponente, retuve la respiración y el miedo hasta que mamá volvió a la cocina y nosotros pudimos terminar nuestra tarea. Hubo descansos: vacaciones maternas de las que pude evadirme con la excusa de mis estudios y que nos permitieron aprovechar aquella majestuosa cama alemana de color manteca con colchones dobles. Allí conocí toda la violencia de que era capaz el primo Angel; cómo podía olvidarse del dolor ajeno para extraer su gozo. Introducía su sexo en mí desde todos los ángulos, siempre rígido, caliente, alerta a mis respuestas de placer para exigirme más. Yo quería tenerlo todo dentro, todo él: con piernas y brazos, con uñas y dientes, frotando todas las esquinas interiores de mi cuerpo, devastándome. Desde sus diecisiete años podía dominar toda la blandura de mis doce, educarme de la manera que le apeteciera. Yo me cobraba en sus orgasmos: reteniendo los míos podía contemplar la disolución de sus facciones, el desmoronamiento de su cuerpo, la lenta y caliente inundación que me llenaba, vaciándolo.

Han pasado demasiados años. Los míos eran tan escasos como para pensar que morirse a los treinta y tres era alcanzar el cielo a una edad madura y a la vez romántica: la edad de Cristo al ser crucificado. Desde su marco oscuro, Jesús fue siempre el espectador silencioso de lo que pasaba en la casa. El todo lo comprendía con su mirada bondadosa; con su piel, sus ojos y sus largos cabellos claros, ambiguos y europeos; con su corazón

23

sangrante y encendido. Yo trataba de contrarrestar toda la culpa que me producía aquella imagen dolorosa con otras imágenes más felices: las de esas películas musicales americanas donde las calles, las casas, las relaciones personales, las alegrías y las tristezas, tenían un acabado impecable. Allí no había pechos abiertos con corazones desangrándose ni primos que definían la palabra amor sin preocuparse del incesto. Se cantaba bajo la lluvia, siempre había un día feliz con siete novias para siete hermanos y Gene Kelly seducía a hombres y mujeres patinando por las calles, a cara descubierta, sin necesidad de apagar la luz ni esconderse detrás de los sillones.

Los furtivos encuentros sexuales no cubrían, además, mis necesidades afectivas e intelectuales. La soledad me acechaba constantemente sin que supiera explicarme el porqué. El primo Angel sólo veía películas de cowboys o de guerra, alguna vez alguna de gangsters: era imposible hablar con él de actrices o de libros. Menos aún de esa angustia empedernida que se aposentaba en mí cada mañana y no me abandonaba hasta que caía en la cama, con todo el cansancio producido por mis interminables paseos. Rumiaba mi desesperanza llena de ilusiones mientras devoraba kilómetros de calles ciudadanas con el pensamiento puesto en otro lado. Usted, papá, parecía no enterarse de nada, aunque lo hacía con una seriedad que desmentía cualquier posible afirmación. Su escaso conocimiento del castellano lo ponía al margen de discusiones trascendentes, salvaguardando el misterio de sus opiniones. Yo pensaba que tenía mucho que decir pero que desconocía las palabras y, cuando en mi afán por comprenderlo, trataba que me tradujera alguna frase a su idioma, usted siempre respondía con un «tu debe parlare el españolo». De esa manera cerraba para siempre con dos llaves diferentes la puerta de sus secretos, una puerta que sólo abriría muchos años después, cuando poco antes de morir me confesó que en su pueblo había una calle y un número que correspondían a su casa y que yo debía conocerla cuando pasara por allí. Me había regalado entre lágrimas, y sin que yo ni mi madre nos diéramos cuenta de ello, la punta de la madeja, el primer dato de una investigación que me haría conocerlo cuando ya no hubiera posibilidad de reprochar ni perdonarle nada. ¿Será por todo esto que nunca sueño con usted? A mamá, sin embargo, he tenido ocasiones de abofetearla gritándole mentirosa, aunque reconozco no saber de qué mentira la acusaba en aquella pesadilla.

Angel le temía a usted más que a su propio padre. Una tarde de verano en la que nos habíamos quedado solos en casa, yo decidí ducharme. Era sólo una acción eufémica de la cual ambos sabíamos extraer su real significado, repitiéndola como una ceremonia cada vez que teníamos oportunidad. Yo entraba al cuarto de baño y me metía bajo la lluvia. El primo me seguía poco después, se acercaba al mingitorio y, simulando que meaba, me mostraba sus atributos. Yo respondía con una mirada que supongo estaba cargada de deseo, logrando que él entrara en erección. Cuando se desabrochaba el cinturón y comenzaba a bajar sus pantalones, yo debía estar fuera de la bañera, agachado y secándome los pies, lo que dejaba mi boca a la altura de sus genitales. En aquel momento, él se acercaba balanceando su pene de izquierda a derecha hasta golpearme la cara. Casi siempre yo ofrecía una falsa resistencia que él debía forzar introduciendo su verga, palpitante como un pequeño ser vivo, en la boca que en realidad lo esperaba complacida. Un día, ya agotados los prolegómenos, Angel estaba de rodillas teniéndome a mí de espaldas sobre el refrescante piso de baldosas venecianas. Con sus piernas a los costados de mi cabeza, trataba de llegar más allá de mi garganta para que ni uno solo de sus casi diecinueve centímetros quedara fuera del estuche, cuando alguien trató de abrir la puerta que afortunadamente acostumbrábamos cerrar con llave desde adentro. Era usted, papá, que comenzó inmediatamente a inquirir sobre el porqué de aquel cerrojo y la identidad del responsable. Angel, lívido, dio un respingo que llevó su maravilla al límite de mis posibilidades, atragantándome. Logré sacarla, chorreando semen, entre sonoras náuseas que fueron la respuesta involuntaria a las demandas exteriores. Dije que no necesitaba ayuda, que el malestar se me pasaría apenas pudiera vomitar en paz. Angel, de pie y recostado sobre la pared, parecía muerto, aunque la rigidez de su polla (¡extraño fenómeno!), que descargaba lentamente las últimas gotas del espeso líquido nacarino, ponían una nota de viva sensualidad a su imagen. Me olvidé del señor que ejercía el oficio de padre responsable desde el otro lado de la puerta, y sin prestar atención a las manos del primo que, empujándome hacia atrás, trataban de apartarme de la labor, me dediqué a una limpieza minuciosa de aquel glande perfecto, justa coronación de un tronco bien macizo. Cuando terminé, usted estaba harto de interesarse por mis vómitos y había decidido marcharse. Comencé a vestirme y reparé en mi ángel ahora temblequeante: seguía en el mismo lugar y con la misma lividez en la cara. Lo único que había variado era el tamaño y la calidad de su miembro, que avergonzado de los pecados cometidos había decidido esconder su gallardía. Hice que se vistiera y tuvieron que pasar muchos días para que olvidando aquella anécdota, y sobre todo mi actuación que le había parecido delirante, volviera a depositar entre mis labios aquel paquete de bienaventuranzas.

Tengo que dejarlo aquí. A tu hijo Enrique se le han terminado el papel y las ganas y acaba de pensar que esta carta no tiene destino, lo cual la convierte en un ejercicio inútil. El calor es más elevado por momentos y voy a salir a la calle. Quizás un ángel de piedad espera para borrarme este dolor del alma.

Bigati dobla nuevamente la hoja de cuaderno, y después de dudar un instante, decide ponerla en el lado derecho de la caja redonda de metal, como si en su cabeza hubiera un lugar previsto para cada cosa. Vuelve su atención a otra serie de notas escritas en papeles irregulares y letras diferentes: todas tienen en sus márgenes dibujos primarios, casi infantiles; signos y anotaciones realizados siempre con el mismo rotulador rojo y con la misma caligrafía. Una de estas notas, rodeada de signos de admiración, está fechada en febrero de 1991 y con un encabezamiento subrayado a manera de gran titular: *Begin the beguine.*

Barcelona, 14 de abril de 1991

Querido Enrique:

Hace tiempo que no te escribo, pero no tenía un ordenador cachondo para hacerlo y ya sabes cómo me deprime no ser moderno a tope. El pendón de mi vecina se compró uno con la pasta del despido. La echaron de la barra americana por chuparle el nabo a un cliente que no había pagado la consumición. La muy puta no pudo negarse porque parece que el tío tenía una polla del tamaño de una Barbie Superestar vestida de noche. Ahora que recibí la pasta que me correspondía por el asunto de La Chueco, pude lograr el sueño de mi vida. Todo sería perfecto si esta carta no te la escribiera desde la Modelo. Bueno, no se puede tener todo y tiempo no me falta, al menos hasta que mi compañerito de celda consigue anfetas y me obliga a estar el resto del día con el culo para arriba. De cualquier manera prometo volver a escribirte la semana que viene, aunque sea en los momentos libres entre polvo y polvo. Ya sé que escribir cartas no es lo tuyo, que ya bastantes letras ves en tu trabajo, pero al menos podrías mandarme algún casete para que no me olvide de tu voz. Si lo haces ponme el disco aquel de la Jurado que tanto nos gustaba a los dos: *Como una ola* o el *Marinero de luces* de la Pantoja o cualquiera de amor de Mecano. No sé si los tienes, pero la Colores seguro que sí. ¿Te ves con ellos? El compa de habitación no sabe nada de música y quiero enseñarle algunas cosas. Creo que empezar por los clásicos es lo mejor. Y no vayas a pensar que me estoy colando por él, sólo que los días son muy largos y yo siempre fui muy socialista y pienso que hay que ser solidario con los más desamparados. Tiene sólo veinticinco años y una cara del estilo del Harrison Ford, pero como más torturado. Es muy bestia, pero sólo porque nunca tuvo a nadie que lo quisiera de verdad, estoy seguro. Tiene una potencia sexual increíble y unos atributos que hubieran hecho la fortuna de cualquier productor de cine porno. Lástima que por su extracción social nunca pudo acceder al mundo artístico. El otro día me dijo que de haberme conocido afuera seguro que su vida hubiera sido diferente. Me quedé pasmado porque habitualmente es de pocas palabras y, aunque en la cama es superapasionado, apenas se corre se tira boca arriba y no le sacas una palabra más hasta el otro polvo. Pensé que si me prestaras tu Polaroid unos días yo podría hacerle unas fotos y tú llevárselas al Paco del Anfora para ver si él puede mover un poco el culo por el chico. Artísticamente hablando, por supuesto. Sé muy bien que estando en presidio cualquier carrera se hace un poco difícil, pero no le falta mucho para empezar a salir algún fin de semana. Contéstame todo lo que te digo, por favor: no seas payasa. Chau. Te quiero más que a mi vida.

Leandro

Leandro se había pasado meses con la misma escenografía, con los mismos sonidos. Rejas y candados, paredes de color indefinido y gritos a toda hora, sobresaltándolo; una puesta en escena mediocre para un argumento vulgar. A veces, sin embargo, una imagen, un nombre, un lugar preciso, se escapan imprevistamente del archivo sellado de su memoria para instalarse por delante de lo inmediato, cambiándole la intención, también el gesto. Calles del pasado, esquinas de la infancia, caras casi desvanecidas por la distancia o por la muerte, se iluminan de pronto, sin importarles si está solo o en compañía, viviendo una situación gozosa o híbrida, habitual o distinta. No aparecen jamás cuando lo ven desgraciado —como si no fuera su intención aumentar calvarios—, pero lo que podría ser una caricia tierna del recuerdo es siempre una artera, y certera, puñalada. Hace un momento, un desorientado aroma a pan tostado se hizo dueño de su celda, remitiéndolo a aquel bar de paredes oscuras y nombre aborigen, con mesas rebosantes de gente siempre inquieta, siempre joven, siempre acompañada. Aquel bar donde ocupaba una mesa de un solo servicio, con la soledad instalada enfrente, compartiendo su café con leche y las tostadas crujientes y aromáticas. Sus fantasías siempre estaban un poco más allá, junto a los otros, en las vidas que no podía vivir y, quizá por eso mismo, le parecían más interesantes y apetecibles que la suya.

En tu mezcla milagrosa
de sabihondos y suicidas,
yo aprendí filosofía...

No era éste su tango: nada aprendió allí. Tampoco era su lugar, solo un destino turístico donde recalaba cuando la vida se le aparecía mezquina y chata y el incansable vagabundeo en busca de algún *partenaire* sexual se volvía insostenible. Aquella mantequilla derretida sobre el pan caliente, y ese olor opaco, cálido, a desayuno familiar, servían muchas veces como paliativo de una nueva frustración. Era consciente de su irreparable pérdida de tiempo y acumulaba junto a esa culpa el amargo resentimiento por las humillaciones constantes. Si conseguía alguna presa para llevarse a la cama o tenía un encuentro fugaz en un lugar público, el miedo y la vergüenza no lo abandonaban ni un momento. A lo sumo hacían turnos intermitentes para no perderlo de vista.

En realidad no le importaba el resultado de esas búsquedas. Eran sus formas de aventura, sus safaris ocultos, sus deportes preferidos, los inocentes entretenimientos que llenaban sus momentos de ocio. La laboriosa y a la vez divertida persecución del instante único.

Mientras los demás crecían, se casaban, tenían hijos que a su vez seguían el mismo camino de sus padres y sólo la muerte trastocaba un poco el panorama cotidiano dinamitando tanto mecanismo recurrente, él caminaba durante horas por las mismas calles, las que supuestamente transitaban los demás buscadores. Sus ojos inquietos buceaban en la mirada de los otros, en los gestos de los otros. Una cabeza que se giraba, una mano que acariciaba algo dentro del bolsillo del pantalón, una detención inesperada frente a un escaparate carente de interés; a veces el movimiento de otra mano, esta vez tocando la braqueta, delimitando un bulto en la entrepierna. Cuando el encuentro se producía todo podía durar unos pocos minutos: los necesarios para una mínima introducción, el desarrollo del asunto propiamente dicho y el orgasmo final, que ya traía consigo la culpa y el cristiano arrepentimiento. Para no aburrirse, Leandro iba añadiendo variaciones cada vez más complicadas y peligrosas. Abandonaba los céntricos barrios habituales y se desplazaba al suburbio; se sumergía en los baños públicos de las estaciones de tren; consumía bebidas amargas en bares donde los hombres olían a trabajo duro y lo miraban como lo que era, un ser extraño, un maricón de ciudad bien trajeado, hijo de mamá y seguramente ocioso. Había suficientes razones para que en más de uno nacieran fuertes deseos de romperle el culo, y sin eufemismos, eso era lo que él esperaba que le hicieran. Nunca lo habían excitado las buenas maneras de esos afeminados con olor a perfume caro, previsoras toallitas de papel en los bolsillos y lubricaciones aromatizadas. A Leandro le gustaba ver cómo estos sórdidos machos se escupían la mano para luego ensalivarse el miembro e hincárselo por atrás; cómo sonreían con complicidad cuando después de una larga charla y varias cervezas lograba que dos o más de ellos lo acompañaran hasta algún baldío; cómo se desarmaban en el orgasmo diciéndole querido o guacho o hijo de puta, mientras le indicaban la forma exacta en que pretendían que se moviera o el ritmo de la succión y los lugares precisos por donde debía transitar su lengua. To-

32

dos eran iguales: les gustaba acabar en lo más profundo de la garganta y en medio de un corcoveo brutal que la mayoría de las veces le producía náuseas y, aunque Leandro trataba de evitarlo, le era difícil desprenderse de la presión de aquellas manos que aferraban su cabeza hasta lastimarle las orejas o lo tironeaban del pelo hasta lograr su cometido. Cuando en más de una ocasión «lo pene-traban por todos lados», como él mismo decía con agridulce ironía, se entregaba a su suerte relajadamente, rogando que los embates varoniles no coincidieran en su ímpetu y los orgasmos llegaran con intermitencias, pudiendo de esa manera saborear el exceso sin hacer peligrar su integridad física.

Hubo un antes de esta celda. No demasiado tiempo atrás, aunque parezca una eternidad en su memoria. Un antes donde alguna vez —como la princesa rusa de aquella novelita de ásperas tapas de color rosado que había devorado en las siestas de la infancia y que por una precisa intuición su madre había descubierto y destruido— fue el centro de una rueda orgiástica y deseó, como la noble libertina, prender fuego a aquel abominable sucucho donde había logrado airear sus más sofocadas perversiones. Nueve hombres habían hecho de él un trozo de carne viscosamente húmedo. Escupido, horadado, oliendo a alcohol barato y semen, logró escapar envuelto en un mantel no mucho más limpio que su cuerpo cuando la violencia real, sin disfraces de sensualidad, había comenzado a surgir entre los sudorosos machos, igualados los tamaños de sus miembros en la flaccidez posterior a las descargas repetidas. Vacíos de deseos, tomaban cuenta de sus actitudes anteriores, descubriendo que el culpable de tanta depravación era ese sucio maricón degenerado que, provocándolos, los había conducido a la lascivia aprovechándose de su pasajero estado de embriaguez. El dueño del lugar, quizá más sobrio que sus parroquianos, decidió tomar la iniciativa, apareciendo con una porra de madera que parecía la duplicación exagerada de todas las de carne juntas. Mientras la asía con una mano, con la otra la engrasaba, usando un producto amarillento semejante a la margarina y preguntando en voz alta si alguien era capaz de tragarse todo aquello. Cuando desde el rincón donde se había retirado, Leandro comenzó a ver en los ojos enrojecidos de los otros hombres irónicas miradas que confluían hacia él, y las manos de algunos volvieron a blandir las vergas que segundos antes parecían haber muerto para siempre, comprendió que el final de aquella orgía podía, y debía, ser su sacrificio. No pensó en sus ropas ni en sus llaves, tampoco en el dinero mínimo que siempre llevaba en los bolsillos. Cuando oyó cerrarse tras de sí la puerta del bar La Melodía, se alejó corriendo sin pensar adónde, apenas cubierto por ese mantel que había logrado alcanzar al vuelo mientras se precipitaba hacia la salida, sorteando los cuerpos que antes lo habían hecho gritar, temblar, ahogarse, reír de placer, y que ahora, sin razones aparentes, lo amenazaban con la contundencia de una revancha. Siguió corriendo para alejarse del peligro. Pequeños objetos puntiagudos se clavaban en sus pies descalzos, recordándole que alguna tarde, siendo muy niño, también había huido del castigo caminando sobre vidrios rotos. Juró, como tantas otras veces, que aquella sería la última en la que pondría su vida en peligro. Sin embargo, una sutil erección entre las pier-

nas contradecía sus pensamientos, record
sumergido entre aquellos cuerpos sudo
chaban entre sí para poder gozarlo, habí
un momento muy largo el paso del ti...
lancolía.

El taxista se sobresaltó ante aquella aparición inesperada: «¡Lo que faltaba! Toda la noche dando vueltas
sin un puto cliente y justo ahora, que había decidido
irme a casa, aparece este tío con disfraz de romano
haciéndome señas para que me detenga. Igual es un
loco peligroso que se ha escapado del manicomio... o
un delincuente juvenil... o algún colgado en pleno
mono... Aunque con esa cara de inocente, parece más
la víctima de un atraco que un criminal agazapado.
¿Turista...? Por semejante lugar y a estas horas...».

Ante la duda, el taxista coge el revólver, no vaya a
ser que ese espectro semidesnudo con cara de niño
lleve una navaja escondida en cualquier lado. La curiosidad, y cierta inquietud naciente entre las piernas,
lo hacen, no obstante, frenar el coche junto al hombre
—menos joven de lo que le había parecido a la distancia— que, con precipitación entrecortada, trata de ex-
plicarle algo referente a un asalto.

—... Sí, sí, lo entiendo, pero yo no puedo hacer
nada por usted. ¿Por qué no se acerca a una comisaría
y hace la denuncia? Hay una a tres calles de aquí. Le
queda de camino... Es que ya me iba para casa.
La mujer me espera.

—¡Y la mía! Bonita manera de despertarla: con la
policía avisándole que a su marido, aparte de asaltarlo,
se lo han cepillado nueve tíos.

—¿Me está hablando en serio? Usted se está quedando conmigo...

—¿No creerá que vengo de una orgía? Tuve que salir corriendo... aprovechar que estaban distraídos. Se preparaban para una segunda ronda. Por favor, sáqueme de aquí. Le pagaré lo que me pida. Pueden aparecer en cualquier momento... Fue en una obra en construcción, aquí a la vuelta. No sé qué me vieron... les gusté, supongo... lo hicieron una y otra vez, por más que yo les pedía por favor que me dejaran.

—Esto me huele a cachondeo. Usted no será ése de la cámara sorpresa, ¿no?

—Le juro que la única verdad es la que le estoy contando. Por favor, ¿qué puedo hacer para que me crea? ¿Mostrarle el culo? Me lo han dejado... hecho papilla. No creo que pueda volver a sentarme por bastante tiempo.

—Está bien, suba... Lo veo muy acojonado. ¿Quiere un trago de coñac? Espere, estacionaré un momento allí, junto al parque. Me da no sé qué verte de esta manera... Perdona, puedo tutearte, ¿verdad? Gracias. Lo pongo aquí en la oscuridad porque el taxi no es mío. Yo sólo lo trabajo por las noches. Si alguien le va con el chivatazo al jefe me quedo sin curro. Bien, cuenta qué te ha pasado... ¡Ah!, mira, tómate un buen trago de esto, te hará entrar en calor... Desnudo y con los pies descalzos... Me decías que no te podrías sentar...

—Le decía que si quería mirar... para darse cuenta de que no le miento.

—Estás temblando, chaval. Mejor enciendo la calefacción, cerramos bien las ventanillas y yo me pongo cómodo... Al menos me saco esta puta camisa. Después de ocho horas aquí no aguantas ni la ropa.

—Tiene un revólver...

36

—Es sólo por prevención. Tú no sabes lo peligroso de este oficio... las cosas que pasan en un taxi. Si te tranquiliza lo guardamos aquí... así, ya está... No entiendo esta moda de los tejanos. Mi mujer me los compró porque aguantan lo que le echen, pero te aseguro que a veces te dejan los cojones hechos puré. Bueno, debo reconocer que luego ella se ocupa de ponerlos en su punto... Sabes, después del trabajo lo único que apetece es quitarse toda la ropa, darse una ducha y ver algún vídeo porno, con una tía entre las piernas chupándote la polla... Cuando te vi estaba a punto de irme a casa. Desnudo en medio de la calle... y con ese trapo. Parecías un fantasma.

—Perdona, ¿me llevarás a casa luego?

—Sí, hombre, por supuesto. ¿Qué pasa, tienes prisa por deshacerte de mí? Creía que necesitabas un poco de calor humano...

—Siempre se agradece, aunque esta noche he tenido tanto de eso que ya no sé qué pensar.

—Te han dejado sin ganas de fiesta...

—Si hubiera visto lo que tenían entre las piernas, ¡menuda maquinaria pesada! Y yo allí, patas arriba, tragándomelo todo. No había forma de hacerlos parar... Cuando uno se corría ya había otro esperando con el trabuco en la mano.

—¿Y tú no gritaste... no tratabas de escapar?

—Al principio no pude, luego me daba lo mismo. Llega un momento en que tanto dolor te anestesia...

—¿Todos estaban allí, mirando? Digo, mientras uno lo hacía, ¿los demás qué?

—También me lo hicieron de a dos.

—¿Dos al mismo tiempo?

—Sí: uno por la boca y otro por el culo. Hasta intentaron meterme dos por el mismo agujero, pero por suerte no se pusieron de acuerdo.

—¡Vaya historia! Estoy a mil... Tendré que bajarme un poco los pantalones... para que no me reviente la polla, ¿sabes? Como la mía tampoco es lo que se dice pequeña...

—Ya se nota... Luces un buen paquete...

—¿Qué te parece? Algunas mujeres trabajaban para mí sólo por tener este animalito entre los labios.

—Hoy es la noche de las pollas gordas... Aparatos como ése me han dejado el trasero como lo tengo... mira, toca, me lo han dilatado de mala manera.

—Está tibio y palpita... Mmmmm, podría meterte todos los dedos de una mano...

—Es que no me han dejado con ganas de nada... Al menos nada que tenga que ver con el sexo.

—¡Hombre, no seas arisco! ¡Qué le hace una mancha más al tigre!

—Mejor lo dejamos para otro día...

—Al menos bájate... Ven, sé buenito... Fíjate cómo estoy...

—Es que me han dejado harto... Me han dado un atracón de sexo. Con todo lo que me he tragado esta noche tengo de sobra para una larga temporada.

—¿Vas a dejarme así? Donde comieron nueve bien puede comer un décimo...

—Quisiera aliviarte. Has sido muy amable conmigo.

—¿No te gusta lo que te ofrezco?

—El aspecto es excelente. Del gusto no puedo opinar: todavía no la he probado.

—Ven, cátala, ya verás qué dulce es. Ningún nene se ha quedado hambriento después de comerse esta golosina.

—Si prometes llevarme a mi casa...

—Prometido. Pero tendrás que dejarme contento. Al menos tanto como la patrona.

—Aquí no hay películas ni ducha, pero puedo hacértelo mejor que cualquier mujer. ¿Te gusta así? Mira cómo me llenas la boca.

—Mmmm... qué bueno... la estás poniendo furiosa... fíjate cómo crece... late, como si el corazón se me hubiera bajado a la polla.

—¡Papá, vaya glande! Creo que eres él número uno de la noche... me encanta comértela...

—Me matas... eres demasiado... límpiala con esmero... no quiero que dejes ningún lugar sin visitar... métetela toda adentro... un esfuerzo más, venga, así, así... ya está toda. ¿qué tal, eh?... Tan rápido no, me harás correr. Espera... Quiero hacerte el culito... Te haré pedirme más, verás... Lograré que te olvides de todos los anteriores.

—No creo que puedas: todavía tengo sus recuerdos dentro... No estamos muy cómodos, ¿quieres que me siente encima?

—Haz lo que quieras... Tienes a tu disposición veinte centímetros bien duros. Te haré subir al cielo, angelito.

Y Leandro, la cara apretada contra el cristal de una ventanilla, se dispone a olvidar las incomodidades inventándose una escena de alcoba donde los protagonistas, de piel tan blanca como sus pelucas empolvadas, se mueven entre cortinados suntuosos, amplias camas con dosel, sábanas de seda y zarzuelescos diálogos rimados que él, inocentemente, supone de teatro clásico.

—Mira pequeño angelito
lo que te vas a comer:
un delicioso bocado
que hará que calmes tu sed.

—No sé si podré con esto,
¡la más gruesa de la noche!
Luego de gemas tan caras
esta será un digno broche.

—De seguro que podrás.
Yo no la veo tan grande.
Como en las nueve anteriores,
haz de empezar por el glande.

—El glande ya está escondido.
Ahora viene todo el resto.
Si das un empujoncito
notarás cómo estoy presto.

—Pues toda te la has tragado
sin un suspiro siquiera.
Me moveré despacito,
¡que nada se quede afuera!

—Me gusta cómo la mueves:
hacia adentro y en redondo.
—Si te pones en cuclillas
podré llegar hasta el fondo.

Luego de una noche con tanto movimiento, Leandro, habitualmente precavido, cometió la tontería de
relajarse y se sumergió en un sueño profundo, sin no-

tar que el otro ponía el taxi nuevamente en marcha y lo depositaba, tan desnudo como lo había encontrado, frente a la puerta de una comisaría. Por extrañas razones que nunca terminó de entender, el fogoso taxista con pluriempleo en la policía se empeñó en hacerle pagar aquel encuentro erótico con unas inesperadas vacaciones entre rejas. Sus intentos de alegar inocencia fueron vanos. Algunas pequeñas raterías adolescentes, su larga situación de parado, una causa pendiente y los consejos especialmente estúpidos de un abogado mediocre recomendado por su familia, hicieron que fuera a parar a la Modelo. Allí tuvo tiempo para repasar no sólo su vida, sino también las libretas de direcciones y teléfonos que su hermano, como un favor hecho a regañadientes, le acercó a la cárcel. Entre polvos de una noche con «te llamaré otro día», conocidas ocasionales que se decían amigas y dos o tres relaciones de cierta importancia, el nombre de Enrique Izabi estaba subrayado con doble línea. En una época le había divertido destacar con colores diferentes las características particulares de sus conocidos, usando el color que más apreciaba —un rosa furioso— solamente para los amantes de máximo interés. Desde el primer día Enrique le había confesado que no gozaba acostándose con otros homosexuales y, a partir de allí, la aproximación erótica de aquel encuentro se había convertido en una amable relación de bares, fiestas de casal y algún esporádico té con pastas. De cualquier manera, a pesar del tiempo transcurrido y de ese primer desencuentro sexual, el nombre de Enrique seguía invariablemente subrayado en rosa, como el de alguien con quien Leandro hubiera deseado convivir aunque sólo fuera como amigos.

Bigati tiene las manos húmedas. Las pasa por las perneras del tejano y distraídamente extrae de la caja metálica una serie de recibos sujetos con una pinza de tender la ropa, de plástico verde. Extendidos a nombre de Enrique Izabi, la cantidad es siempre la misma: cinco mil pesetas y, también en todos, el membrete y la firma corresponden a la doctora Sara Arminda Lalangue, psicoanalista.

—En realidad no sé lo que me ha traído aquí. Para empezar, yo no puedo pagarme un tratamiento de estas características. Cada vez que pienso que con lo que me costará una sesión puedo hacer la compra del híper para una semana... Supongo que eso a usted no le importa, ni yo pretendo que le importe... por algo he decidido acudir a una profesional... Aunque ésta no sea la primera vez, para mí es la definitiva, porque en esta ocasión no hay presiones familiares. Mis padres han muerto, los dos... eran toda la familia que me interesaba, lo que a veces me frenaba en la aceptación de mis características particulares... Me parece que estoy dando rodeos para no decirle que soy homosexual y que hasta hoy sigo preguntándome si esto es un problema en sí mismo o solamente una manera de encarar el sexo. Hay momentos como éste, en que pienso que toda mi historia hubiera sido diferente si me hubiera casado con una chica de barrio, la que supongo me correspondía en este lamentable reparto, y me hubiera dedicado a llenarla de hi-

jos... ¡Vaya horror!, con un trabajo miserable de traductor y mi neurosis galopante... Si hay días que hasta Pacheco... Pacheco es mi gato, y algunas veces hasta él me molesta... Recuerdo un cuento tonto que escribí hace unos años... por momentos me gusta escribir... poemas, cuentos, esas cosas... para mí y sin pretensiones, porque creo que la literatura es algo serio... se puede jugar con ella, sí, no estoy en desacuerdo con que otros lo hagan... pero Rulfo o Salinger, por ejemplo, jamás permitieron que...

—Hablaba de un cuento que escribió hace unos años...

—Sí, donde un ama de casa perfecta, con un marido perfecto e hijitos perfectos, se vuelve loca y mata al gato centrifugándolo en la lavadora y después rompe el televisor y la nevera y quema todo lo que hasta ese momento conformaba su mundo ideal, su hogar... Bueno, ésa es una fantasía que tengo a menudo, cuando las cosas dejan de producirme placer. No crea que es necesario que me vaya demasiado mal: sólo que el aburrimiento, el spleen como decían los románticos, haga su entrada en escena. Hace años, recién salido de la adolescencia, encontré en una fiesta a una maldita tiradora de cartas que me pronosticó una eterna insatisfacción... Lo de la eternidad es algo de mi coleto. Ella sólo dijo que yo nunca estaría satisfecho, que nada sería suficiente para mí. Que siempre me sentiría como un rey destronado, o como un príncipe de cuento, melancólico y decadente, que jamás logra encontrar a esa bellísima princesa que acabará con ese encantamiento que no le permite ser feliz... Ella, la quiromántica, no sabía que yo era homosexual. No hay cuentos de hadas con homosexuales. Imagínese: príncipes azules persiguiendo a príncipes ro-

sados o algo así. Desde pequeño supe que eso era imposible, que el mundo real no era de esa manera, que ser diferente equivalía a ser monstruoso y tenía un precio muy alto... Y sí, en mi caso siempre lo tuvo. Aunque hay momentos en los que ese precio se paga como si fueran recibos de la luz: para que no nos molesten con cortes intempestivos o juicios complicados y podamos seguir mirando la televisión desde la cama. Hay otras épocas más duras, como ésta. Los días son larguísimos... Hay mucho tiempo para hacerse preguntas y las respuestas no aparecen ni en los diarios ni en la almohada. Para colmo los amigos se desvanecen de pronto, se mueren como ratas... Si hasta Greta Garbo, la divina, resultó ser mortal. No, no vaya a creer que estoy bromeando. Siempre supe que si bien la vida es triste, al menos se acaba: mi madre se encargó de enseñármelo. Sin embargo la mañana que vi en el diario el titular anunciando la muerte de la Garbo, tuve la comprobación de que no había dioses en la tierra; que un final idéntico nos acechaba a todos en alguna esquina imprevisible, en cualquier lugar de este planeta. No importa demasiado que ese lugar sea un trozo de asfalto en una carretera cualquiera o la cama y el colchón de cada día. La muerte aguarda entre los pliegues de una sábana, posiblemente la que más nos gusta, la que siempre arropó nuestros sueños más bonitos. Sin embargo, todavía puedo soportarlo, y aun cuando el dolor aprieta mucho y las ausencias se instalan como huéspedes silenciosos en cada rincón de mi casa, la vida tiene algo que me gusta, que me empuja cada mañana a levantarme y, después de mis absurdos ejercicios, un buen desayuno y una ducha, comience a plantearme el día que se presenta por delante con más o menos fantasía, con más o menos ilusión, pero siempre con la absoluta voluntad de vivirlo. Supongo que si no fuera así estaría hablando con un cura, ¿verdad, doctora?

—Con un cura... ¿Es usted creyente?

—No exactamente. Todos mis estudios los hice en colegios religiosos... Quizá por eso en mi adolescencia pretendí una vocación sacerdotal que se desvaneció poco después sin dejar demasiados rastros. Posiblemente me desilusionó el darme cuenta de que tendría que dejarlo todo: mis amigos, mi cuarto... todas las cosas que me gustaban, mis pequeños tesoros... No pude seguir. Trataba de escapar de la familia, pero lo que me pidieron a cambio me pareció excesivo, sin ninguna gratificación segura. Creo que en realidad me atraía lo más superficial: el boato, la representación teatral, el público... También ese mundo de hombres escondidos, misteriosos... Me imaginaba amores suaves y orgías calientes, ritos de iniciación que confundía con los satánicos y largas noches de profundas conversaciones sobre el sentido de la vida. Era muy inocente... Estaba solo, sintiéndome diferente del resto del mundo, y buscaba un sitio donde pudiera ser aceptado sin reservas. Cuando comuniqué mi deseo, se desencadenó sobre mí tal cantidad de preguntas, exámenes y entrevistas inquisitoriales, que preferí desistir, convenciéndome aún más de lo insuperable de mi soledad, esa soledad que seguramente era un castigo por tanto pensamiento impuro... Afortunadamente, apareció en mi vida un ángel, mi primo, haciéndome comprender que algunas de mis fantasías eran apetecibles y podían convertirse en realidad.

—¿Qué tipo de fantasías?

—Sexuales... homosexuales... aunque en aquel entonces yo no les ponía ese nombre. Sólo sabía que mi ve-

cino me gustaba de una manera... amorosa. *Muchas veces me imaginaba que él se acercaba a mí y me levantaba en brazos... Era alto, moreno, muy fuerte, un poco parecido a Elvis Presley. Aunque Presley no me gustaba y él sí... Usaba pantalones tejanos y camisas abiertas. Y botas. Unas botas negras que hacían juego con los cinturones anchos de hebillas estrafalarias... Yo esperaba horas en el balcón de casa para verlo salir. Mataba el tiempo leyendo o imaginándome las escenas más inverosímiles, algunas con declaraciones de amor incluidas. También veía muchísima televisión, es verdad... pero sobre todo me recuerdo leyendo todo lo que caía en mis manos, hasta las revistas femeninas más estúpidas. También Corín Tellado y todo eso... Metía la cabeza en los libros tratando de aislarme de ese mundo que no me complacía. Estaba harto de oír hablar a mis tías de sus novios, bajando la voz y riéndose, cómplices de vaya a saber qué morbosos secretos que los niños no debíamos conocer. Ellas pasaban horas encerradas en el baño, y luego otras tantas planchándose la ropa o asegurando los botones de sus blusas nuevas... Siempre estrenaban blusas... Después las veías llegar de la calle descompuestas, con el peinado o el maquillaje fuera de lugar, la mirada baja y la palabra esquiva frente a las preguntas de mi madre. Es que ellas también usaban el zaguán para sus historietas amorosas. Yo lo sabía muy bien porque espiaba las largas despedidas. Cuando me encontraba con la imagen de esos dos cuerpos confundidos en la oscuridad, transformados en uno, no alcanzaba a comprender si mi excitación se debía al temor de que me descubrieran o al deseo de unirme a ellos, envuelto yo también en esa tenebrosa urdimbre de manoseos y quejidos. Nunca, sin embargo, salí de mi rincón. Nadie notó mi presencia... ni yo tuve valor para acercarme.*

»Eso sí, había algo muy claro: siempre esos encuentros se producían entre hombres y mujeres. Era inútil aguzar el oído, estar todo el tiempo atento al menor comentario relacionado con el tema. Nadie quería a una persona de su mismo sexo. Hasta la llegada del primo provinciano, mi sentimiento más potente y verdadero, el más claro y contundente, parecía ser algo monstruoso, desconocido para el resto del mundo. Con la aparición de Angel comencé a tener alguien que pensaba en mí. Las erecciones de mi primo eran conmigo, por mí. Al fin los monstruos nos habíamos multiplicado y éramos felices... encontrándonos con miedo y a escondidas, pero también con una intensidad insospechada, aparentemente más fuerte y verdadera que la del resto de la gente, que parecía llevar a cabo ceremonias aprendidas con desgana y en las que finalmente no creía...

—*Misas, ceremonias, puestas en escena...*

—*Sí, la vida cotidiana siempre me ha resultado pobre, carente de grandeza, medida por patrones mezquinos. Nadie canta bajo la lluvia y a Scarlett O'Hara se la han llevado los vientos de la mediocridad... Esta frase ha sonado un poco rebuscada. Supongo que la habré leído en algún suplemento dominical. No era mi intención, pero ya le dije que devoro toneladas de literatura barata. Creo en ella... y también en el imperio de los sentimientos como oposición al de la razón burguesa, de compraventa. Hasta hace poco tiempo, en Occidente temíamos la masificación del comunismo: todos vestidos con la misma ropa de trabajo, viajando en las mismas bicicletas, votando por los mismos candidatos. Ahora, a cambio, nos han vendido formas de vida estúpidas, coches de*

duración limitada, ideas rápidas y convenientemente di-
geridas para ser colocadas en el espacio de la sensibili-
dad; ropa vulgar, adocenada, pero con la debida auten-
tificación de firmas imaginarias; vacaciones para toda la
vida en cementerios de lujo y una muerte aséptica en al-
gún lugar de ensueño con una asegurada eternidad de
campos paradisíacos... La socialización de la pavada.
Aunque no; por su mirada me doy cuenta de que éste no
es el tema... Hoy no es mi día... Quizá saber el precio de
sus horas me ha descolocado, convirtiéndome en un in-
aguantable charlatán de feria. Tengo miedo a desperdi-
ciar segundos...

—Enrique... la sesión ha terminado. Si le parece nos
volveremos a ver el martes próximo.

Se fue de allí sintiéndose estúpido: había malgas-
tado su dinero. Horas de trabajo sobre el maldito ordenador tiradas al cubo de la basura. «Nos volveremos
a ver el martes próximo.» No estaba seguro de volver a verla. Ella, tan tersa y suave, vestida sin estri-
dencias que desentonaran con el entorno minuciosa-
mente pensado, con el color pastoso de los kilims y las
paredes recién pintadas: una camisa verde militar, de
línea clásica, abotonada hasta el cuello, y una falda
recta en un tono oscuro de beige; cinturón y zapatos
en cuero natural. Moderna y clásica a la vez, con el
cabello recogido en lo alto de la cabeza, a la manera
de la Katherine Hepburn. En sus manos de uñas muy
cortas, sin pintar, una total ausencia de alhajas. Tampoco llevaba pendientes; apenas un collar étnico mezclando piezas de ámbar con otras de coral, nácar y oro

opaco y, en su muñeca derecha, un pequeño Rolex de acero.

No parecía abusar de las sonrisas, pero su cara mostraba una expresión amable y comprensiva. Era la imagen perfecta de la madre que Enrique había deseado de niño, sólo que a ésta tendría que pagarla a plazos.

Bigati lanza una carcajada y, feliz con su ocurrencia, la repite en voz alta.

—Los maricones no pagan putas ni esposa, pero acaban como todo el mundo: manteniendo mujeres.

Le parece estar viendo las caras de Pujadas y Castro, sus compañeros de oficina, cuando les transmita el hallazgo. El nunca tuvo una gracia especial para los chistes, pero siempre fue —y en eso están todos de acuerdo— el más filosófico de los tres.

Se relaja, contento al considerarse el más dotado.

—Y no sólo intelectualmente —murmura, mientras se acomoda la entrepierna con la mano derecha y mete la izquierda en la lata de galletas; sin mirar, como jugando a sorprenderse con lo que esa particular caja de Pandora le depara.

Alguna vez, algún amigo me pregunta
el porqué de mi rincón tan lóbrego.
Yo no sé si no sé o contestar no puedo.
Sólo atino a decir que éste es el lugar elegido
para acunar mi melancolía;

la parcela callada,
el espacio perdido entre el hoy y el mañana,
la vuelta de la esquina.
No hay aquí preguntas que inquieten el futuro.
Tampoco verdaderas tristezas.
Ni premura.
Sólo el silencio contestando al silencio
y el sonido de unos pasos:
los míos.

Desentendiéndose del poema, escrito con una caligrafía minuciosa de trazos infantiles, Bigati acerca el papel a sus ojos tratando de descifrar la firma, casi ilegible por la cantidad de arabescos que la cruzan, cercan y subrayan.

—Mercedes... Mercedes Areque. ¿Quién coño será esta Mercedes Areque?

—*¡Odio este despertador! Si no fuera porque cuesta dos mil pesetas lo tiraba a la calle y seguía durmiendo. Merche, Merche... todos los días dices lo mismo y al final te levantas... A esta ventana le falta una mano de pintura, está hecha un asco... llena de dedos... venga, metan ruido todo el tiempo, ¡cabrones de mierda! ¡Cuándo podré irme bien lejos de aquí...! Mira cómo están las paredes... y llamar a un pintor es imposible... bueno, quizá sacrificando la ropa de verano... ¡Estoy loca!, lo que tengo que hacer es largarme... por mí que se venga todo abajo. Odio esta casa y a todos sus ve-*

cinos de mierda... ¿qué puedo hacer con esta cabeza?...
tengo el cabello hecho un asco y no tengo tiempo de ducharme. Con este clima asqueroso no dan ganas de
nada. El verano es para los ricos, los de la publicidad,
guapos en yate, con casas de película, junto al Mediterráneo o al Pacífico... tú no estás mal, pequeña... si te
cuidaras más y dejaras de comer porquerías que te lle-
nan el culo de granos... ¡y la cara! ¡Si hasta tengo granos en la cara! Es culpa del alcohol barato que dan en
las discotecas, ¡vaya basura! debería tomar solamente
agua o zumos. Aunque sin colocarse un poco la vida es
muy triste, un verdadero muermo... todo el día currando
en la panadería, siendo simpática con esos borregos que
no te dan ni la hora... ¡Dios mío! ya son y media... me
parece que este helecho no tiene cura... bueno, si no
quiere vivir que reviente... pobre, cómo va a querer vivir
aquí, dentro de este pozo... aunque en el libro decía que
soportan la oscuridad... soportar, una palabra horrible...
también que requieren mucha humedad, rociados constantes. Le puedo echar más agua... rociador no tengo...
bueno, lo meto bajo la ducha... lo dejo ahí, que se du-
che por mí... ya que yo no lo hago... Merche, ¡tienes cada
idea! «La más priti del mundo», como diría Patricia...
quizá sea verdad que eres tan priti... algún día te des-
cubren y te sacan de este estercolero... ¡qué pavada! Un
amor, eso es lo que necesitas... con un tipo rico que te
lleve a la República Dominicana en su yate... o si no a
ese lugar de los deportes de invierno... aunque Marbella
tampoco estaría mal. ¡Qué asqueroso me ha salido el
café!, tendré que ponerle más azúcar y un chorro de leche. ¡Y encima las galletitas están húmedas! ¡Qué ganas
de mandar todo a la mierda hoy mismo!... Mira la hora
que es, parece mentira cómo pasa el tiempo... en cual-

quier momento te miras al espejo y te encuentras con tu pobre cuerpo totalmente envejecido... la artritis, la esclerosis... y el ataúd y al foso... como en el refrán: del vivo al hoyo, no, el muerto al hoyo y el vivo al bollo... bueno Merche, ¡basta ya de pensar pavadas! Mejor te recoges el cabello y te pones esos pendientes extremados que siempre llaman la atención de la clientela, hasta de esa tan hortera que siempre va cargada de oros... parece el escaparate de una joyería. ¡Merche!, se te hará tarde, termina de peinarte... creo que se debe haber comprado unos iguales, porque tanto preguntar y tanto elogiarlos... la gente es muy envidiosa... mejor, que se los compre... con la cara que tiene seguramente le van a quedar igual que a mí, ¡sí, bonita! Me encantaría encontrármela con los pendientes puestos... con ese culo enorme y ese cuello corti... ¡Huuuy qué hora!, acabo el café y salgo corriendo... nena, vas a tener que tomar un taxi de nuevo... después lo sisas de las ventas y ¡chau! como dice Patricia... chau... suena bien... ¡Cómo es Patricia! Divertida... y no se calla ante nadie... la van a echar en cualquier momento, pero ella dice que le da igual, que no le importa, que se hace puta y gana más dinero en una noche que trabajando todo el mes en la panadería. ¿Ella, de puta?... Sin chulo quizá sí, porque no creo que ninguno le aguante el carácter que tiene... aunque como decía mi madre, ésas son las que triunfan, porque si no te haces valer tú, nadie lo hará, nena... Mamá siempre me decía nena... mamá querida, mira en lo que se ha convertido tu Mercedes, tu Merche, tu nena del alma.

—¡Sí, ya voy señora! Estoy fregando el piso... ¡Que estoy fregando el suelo!

»¿La oís?... Patricia esto, Patricia lo otro, parece que fuera el único nombre que tiene en la boca. Si no me llama a cada rato no está contenta. ¿Vos pensás que me tiene manía? Pues yo sí. Bueno, antes que me vuelva a llamar te sigo contando lo de la Merche... Pobre Mercedes, ¡es más pava! No es mala piba, pero es muy pava. Todos le pasan por encima... Casi que podríamos llamarla la Diagonal... ¡es bárbaro! «La Diagonal», porque todos la pasan por encima... ¡Qué maldad! A veces soy malísima... Ojo, es sólo un decir... digo estas tonterías para joder un rato, porque vos sabés muy bien que en las cosas importantes soy siempre la primera en dar una mano. Todos dicen que soy muy gaucha, bueno, bah, una tía de puta madre... yo me juego por cualquiera... hoy por mí y mañana por ti, que el otro día cuando entró el pringado ese, superpasado no sé de qué droga, si no doy la cara yo, a la Merche se la morfa... se la come, bah. Quiero decir que le saca hasta las bragas. Porque ella temblaba como una mosca, digo, como una... ¿hoja se dice?... Desde que estoy acá se me mezcla todo... Por tratar de hablar a la española, por hacerme entender... y al final me hago unos líos que ya no sé qué decir, ¿viste?... pero volviendo a la Merche: si sigue así se va a pasar toda la vida detrás de un mostrador vendiendo pan a los giles... y es una pendeja de puta madre, te lo digo yo que salgo mucho con ella... En las discotecas se pone en el lugar más oscuro para pasar desapercibida. No se come nunca un rosco, y fijáte que yo, que no soy nada del otro mundo y más vieja que ella, me tengo que sacar los tíos de encima todo el tiempo. Será porque les doy caña, y si hay que mover las tetas muevo

53

las tetas, total, la mano encima me la pone solamente el
que yo quiera... y por eso no voy a ser menos decente...
Por cuatro días locos que vamos a vivir... Hay que tratar
de pasárselo bien. Yo sola no quiero quedarme nunca
más... Y si no salís de tu casa, y cuando salís te escon-
dés en los rincones como una cucaracha... ¿me querés
decir quién te va a encontrar? ¡El DDT te va a encon-
trar! Ella es una linda chica, cuando se arregla es linda
y tiene lindas piernas... Aunque a veces es mejor no ser
tan... bonita, y saber mostrar lo que tenés de una ma-
nera piola... saber mostrar la mercadería, digamos...
como con el pan, que si lo ponés así no más, como sale
del horno, no te lo compra nadie, pero si la panadería
está bien iluminada y las estanterías ordenaditas y de-
corás todo con un poquito de flores secas y espigas y
mucho rollo de cartelitos que digan que el pan es arte-
sanal y el horno de leña... Ya ves lo que pasa en la
nuestra: que no damos abasto con la clientela. Si hasta
viene la de la otra esquina, como haciéndose la tonta y
la muy amiga, cuando en realidad todos sabemos que
está llena de bronca... mufada... embolada... cabrera...
¿cómo carajos se dice cuando estás con rabia por algo?
Eso, rabiosa. Y después me entero por la Carmina... Sí,
mujer, la de la peluquería de Enric Granados, sí que la
conoces... Bueno, no importa. La cuestión es que la Car-
mina me contó que esta otra, la de la esquina, anda di-
ciendo que a nosotras se nos llena el chiringuito de gente
porque atrás hay un salón de masajes y que todo es la
tapadera de un negocio de prostitución... ¡La muy guarra!
Es que a veces ni éxito podés tener... Por eso yo creo que
la patrona tendría que estar bien contenta con noso-
tras... y cuidarnos, porque como le dije el otro día, no va
a encontrar otro equipo tan compenetrado como el nues-

tro aunque lo busque con lupa abajo de la tierra... ¿no es verdad lo que te digo? No es que seamos nada del otro mundo, pero si nos comparás con las otras desgraciadas que se ven por ahí... ¡cada paquete que no sabe decir ni buenos días! Y yo creo que al cliente hay que atenderlo bien, con simpatía, porque si no se va a otro lado. ¿Vos te acordás de un chico muy agradable... un poco mariquita... bueno, gay... uno que de cara no se le nota nada, con buena facha y un lomo que no está nada mal? Sí, digo cachas, aunque no mucho... con el pelito un poco largo y siempre vestido de punta en blanco. Simpático, aunque con cara de angustiado cuando lo agarrás infraganti... Ese... una vez que no había mucha gente y nos enrollamos a hablar de cualquier cosa, me dijo que a él le gustaba nuestra panadería porque el trato con los clientes era especial y nosotras muy amables, y que había otra panadería más cerca de la casa, ¡imagináte cuál!, pero que él prefería caminar un poquito más y venirse hasta la nuestra... Se llama Enrique. Lo sé porque un día vino con otro, algún noviete supongo, y éste lo llamaba todo el tiempo Quique. Yo, de puro atrevida, le pregunté si ése era su nombre. Entonces me contestó que no, que Quique era un apodo, que él se llamaba Enrique. ¡Gracias por la aclaración! Debe haber pensado que soy medio tarada.

»Ahora no te acordarás de él, pero estoy segura que estás cansada de atenderlo. A veces pienso que debo ser un poco degenerada: siempre me atraen los tipos gays... pero es que con ellos podés hablar tranquila, sin que intenten meterte todo el tiempo la mano en la concha. ¡Bueno, no me vas a decir que a esta altura no sabés lo que es la concha...!

»¡Sí, señora! ¡Ya voy, señora!

»*Vos dirás lo que quieras, pero estoy convencida de que esta catalana me tiene manía.*

Enrique está en su piso. Desganado, mustio, sólo la televisión le produce algún placer. No le gustan los fines de semana. Todo el mundo se ha ido a sus casas de las afueras, dejando la ciudad vacía y desangelada. Se siente pobre, inútil, abandonado. La experiencia psicoanalítica le está resultando decepcionante. Tal vez no haya dado con la persona adecuada, pero lo cierto es que se cansa de dialogar con el silencio, sobre todo teniendo que pagar tanto dinero para poder hacerlo. Si pudiera llamar a cualquier amigo por teléfono, o lanzarse a la calle dotado de aquella energía inagotable de años atrás, de esa antigua ilusión, ahora perdida, de conocer un hombre maravilloso con el que compartir sus días y sus noches... Ahora todo movimiento le parece inútil y los tangos de la infancia rondan su cabeza, atropellándose para hacerse oír: «Cuando se sequen las pilas de todos los timbres que vos apretás... que el mundo es y será una porquería ya lo sé... la vida es una herida absurda... qué ganas de llorar en esta tarde gris»; mezclándose con versos aprendidos en la infancia, como aquel de «flor que toco se deshoja, alguien va sembrando el mal para que yo lo recoja», o estrofas de otras canciones que él, en su tristeza, encuentra ilustrativas de su actual situación; como aquella, que repetía hasta el hartazgo que «para vivir como vivo, mejor no morir de viejo». Años atrás, en ocasiones parecidas a ésta, hubiera oído algún disco de moda a todo volumen, dejando que se repitiera hasta el hartazgo. Era una forma fácil de exorcizar los pensamientos negativos. Ahora trata, sin conseguirlo, de prestar atención a una vieja película que lo aburrió casi antes de empezar y a la que sin embargo se aferra por abulia. La casa, los objetos que lo rodean, también lo asfixian. Hubo un tiempo en que todo aquello significaba mucho para él. Eran sus señas de identidad, los recuerdos que había acumulado en sustitución de algunas personas y muchos momentos perdidos. Las plantas, por ejemplo, habían sido una constante compañía en su vida, los animales también: a unas y otros les entregó una parte importante de su tiempo. Ahora ya no le apetecía cuidar nada.

Cuando suena el teléfono, ni siquiera se interesa por atenderlo. Para eso tiene el aparatito conectado, anunciando que aquella es su casa, que él está ausente, que si quiere dejar algún mensaje puede hacerlo después de la señal. Gracias.

Sin embargo, tras el pitido —un sonido destemplado al que todo el mundo llama eufémicamente señal—, una voz masculina de tonos graves comienza a mascullar algo incomprensible que despierta su curiosidad. Corre hacia el teléfono, abandonando el sillón y la molicie. Es el compañero de celda de Leandro que dice disfrutar de un fin de semana en libertad y que llama de parte del amigo preso por algo referente a una cámara Polaroid y unas fotos artísticas. Enrique asegura recordar el asunto, aunque confesando que en esos momentos no lo tiene del todo claro. Sería mejor que se pasara ya mismo por el piso. Podrían tomar una copa y charlar un rato, siempre que él no tuviera nada mejor que hacer. Apenas cuelga recorre con una mirada todo lo que lo rodea y comienza un orden nada exhaustivo, guardando en un cajón unos cuantos billetes de mil pesetas que estaban sobre la mesa. Los acompaña con el reloj de oro que fuera de su padre y el anillo materno de casamiento, una herencia que lleva siempre en el dedo meñique de la mano izquierda. Sin perder tiempo en detalles, mete en el fregadero algunos platos con restos de comida —un pequeño trozo de pan integral, cáscaras de queso gruyère, huesos de aceitunas y de cerezas— y en un armario la camisa tejana y los calzoncillos que habían quedado abandonados en una silla la noche anterior. Abre las ventanas y apaga el televisor, colocando sobre éste de una manera bien visible dos vídeos pornográficos, *Sola ante el peligro* y *Encuentros anales en la tercera fase.* Elige como música de fondo a Nina Simone. Después de ducharse, duda entre unos pantalones tejanos de color crudo acompañados por una camiseta o la *robe* de seda color burdeos puesta sobre la piel. Opta por el primer conjunto, que encuentra más convencionalmente masculino, pero decide quedarse descalzo, arremangándose un poco las perneras para lograr un aspecto más desenfadado y juvenil. Su imagen en el espejo no le disgusta. Se ha peinado hacia atrás con el cabello mojado: una vez seco caerá hacia donde le plazca. Vuelve a dudar frente a los perfumes, mezclando finalmente la 4711 con toques de París en los lugares estratégicos. Mientras hace todo esto, varios pensamientos depresivos asoman su aguda nariz entre los objetos del cuarto de baño, instándolo al abandono inmediato de toda esa farsa peligrosa en la que se ha metido y que seguramente la doctora Lalangue no aprobaría. El timbre de la puerta lo saca de sus cavilaciones.

Cuando se encamina hacia ella, todavía desconoce que al girar el picaporte estará dando también un giro definitivo a su vida.

POEMA DE LA MUERTE ENMASCARADA

Saltó el tigre de fuego desde la ventana.

El dios manda que se acorten las distancias
y detiene al mensajero de los desesperados
que gritaba de horror por las terrazas.

En los jardines del continente blanco
ardió el rosal
y parieron tres crías los temores.

El homenaje estaba en su apogeo.

Vago hedor que asemeja algún perfume y es
        sin embargo
el portador de lo insondable.

Sabrás de mí en los próximos segundos
aunque cierres los ojos y te escapes.

—En esta casa todos son poetas. ¡Vaya panda de inútiles!

Bigati se sirve mecánicamente un poco de agua que no llega a tomar, entusiasmado por un repentino hallazgo. Detrás del poema, y escrito con el rotulador rojo de siempre, hay un nombre entre signos de admiración: Juan Antonio Campos. Conoce a ese tipo. Sacando de uno de los bolsillos internos de su cazadora la pequeña libreta abultada y deshecha que le sirve de agenda, busca meticulosamente dentro de ella hasta encontrar un ajado papel doblado en ocho.

Nombre: Juan Antonio CAMPOS.

Nacido en: Marín, PONTEVEDRA.

El día: 9 de septiembre de 1966.

Hijo de: Asunción CAMPOS PEDREL y padre desconocido.

Nacionalidad: española.

Estado civil: soltero.

Color de piel: blanca.

Ojos: grises.

Cabello: castaño claro.

Complexión: delgada y fuerte.

Estatura: 176 cm.

Señas particulares: un tatuaje representando un águila en el omóplato izquierdo y otro —la palabra *love* encerrada en un corazón con una flecha que lo cruza— en el antebrazo derecho.

Inclinaciones sexuales: ambiguas.

Estudios: primarios.

Trabajos desempeñados: camarero durante las temporadas de verano de 1979, 80, 83 y 84. Ayudante de carpintero en 1981. Peón de albañil en 1982 y parte de 1986. Profesor de gimnasia durante la primavera y el verano de 1987 en la ciudad de

Ibiza. Por cortos períodos de tiempo trabaja como relaciones públicas de varias discotecas gay.

Antecedentes penales: robo reiterado y supuesta complicidad en asalto a mano armada. Cumple condena en la Cárcel Modelo de Barcelona. No se pudieron probar cargos por tenencia ilícita de drogas.

«¡Así que éste es el inagotable semental de Leandro!» Ahora que lo tiene enfrente, Enrique se pregunta cómo ese ser, aparentemente anodino y sin interés, se transforma por obra y gracia de unas pastillitas en un surtidor de semen sin descanso. O la ropa no era la adecuada y ocultaba hasta sus más inocentes atributos, o la cárcel había convertido a Leandro en una loca de la cabeza, delirante y mitómana. No es que el chulito le resultara desagradable, y, pensándolo bien, hasta se podía encontrar algún atractivo en esa cara de corte vulgar —quizá los ojos de color turbio que la dotaban de un toque perverso, extravagante, o la boca excesiva de labios carnosos que no casaba en absoluto con una piel tan blanca—, pero compararlo con Harrison Ford no tenía sentido. Se hacía evidente que Leandro era más experto en pollas que en actores. De cualquier manera, Enrique había imaginado que una cara de preso en vacaciones sería más jubilosa que aquella que tenía delante.

De pronto, la misma voz decididamente masculina que había logrado llamar su atención en el teléfono, pronuncia un «Juan Antonio» rápido, seguido de un «para servirle» que suena fuera de lugar y un «espero no molestarlo» que, finalmente, saca a Enrique de sus cavilaciones, haciéndole notar que aún no ha hecho pasar al presidiario. Este, apenas cruzado el umbral, da muestras de una cortesía inesperada, elogiando con pocas y precisas palabras la calidez del piso y el acierto con que han sido pintadas las paredes. Por venir de una persona que solamente ha visto en los últimos tiempos muros grisáceos y barrotes de hierro presumiblemente negros, Enrique se pregunta si el elogio no merece ser tenido en cuenta o, por lo contrario, es doblemente valioso. Sin preocuparse por continuar con el tema, el recién llegado pide permiso y se sirve un abundante whisky del cual bebe la mitad de un trago, ofreciendo el resto a su anfitrión. Como éste no acepta, el llamado Juan Antonio dice que es una pena, que se perderá sus secretos, añadiendo una sonrisa que, quizá por ser la primera, a Enrique le resulta especialmente seductora. Definitivamente arrepentido de su negativa anterior, coge el vaso en un gesto que pretende ser espontáneo y toma de un sorbo los tres dedos de bebida que quedaban, una cantidad suficiente para producir una ligera embriaguez en cualquier abstemio habitual como él. El visitante se sirve más whisky, mientras pregunta si el dueño de casa tiene compromisos para las horas siguientes, respondiendo a la rápida negativa de éste con una nueva sonrisa, más deslumbrante que la anterior. Sin cambiar de expresión, aclara que él también está absolutamente desocupado, y añade, con una sombra agazapada en la voz, que no tiene nadie que lo espere.

Enrique Izabi comienza a dudar entre la entrega irracional a sus impulsos o la huida inmediata, consciente de que, ya sea por efectos del alcohol o de una necesidad desesperada, observa sin reparos al presidiario, encantado por el color indescifrable de sus ojos, pero aún más por esa especial manera de mirar las cosas con la cabeza un poco echada hacia atrás, como tasándolas.

Tal vez molesto por el silencio que se había creado, Juan Antonio pregunta por el carácter de las cintas que hay encima del televisor. Efectivamente, son películas pornográficas y puede mirar la que le plazca. Con una nueva sonrisa y un gracias que por la suavidad parece desprenderse de ésta, el invitado pone en funcionamiento el aparato de vídeo, anunciando que además le gustaría estar más cómodo. Al oír que por supuesto puede hacerlo, que está en su casa, se quita al instante zapatos, calcetines, tejanos y camisa, quedándose con unos calzoncillos de finas rayas blancas sobre fondo turquesa. Es delgado y fibroso, de espaldas anchas y piernas fuertes de campesino. Si los tatuajes estuvieran sobre una piel más bronceada serían sofisticados; así, delatan demasiado su origen carcelario. Para estar a tono con el visitante, Vanessa Lynch comienza a desnudarse desde la pantalla del televisor. Su papel es el de una pobre india lloriqueante y asustada a la que sus raptores, cowboys de inconfundible aspecto latino, apuntan con unos hermosos miembros en estado de erección.

—Te juro, Roberto, yo estaba alucinado. Cuando los vaqueros de la película comenzaron a desnudarse, el Juan Antonio este me pregunta si yo pensaba que él podría representar alguno de esos personajes, si me parecía que tenía el físico adecuado. Riendo, le digo que lo único

importante para ese tipo de actuaciones es el tamaño y la dureza de la polla. Me contesta con una tranquila seguridad que por eso no hay problema. Se había sentado en el sillón con las piernas estiradas sobre la alfombra y los brazos laxos a los costados del cuerpo. Como no sabía qué hacer ni qué decir, decido que lo mejor es ponerme cómodo yo también. Volví del dormitorio con mi short de tejano viejo, algo que funciona siempre como una declaración de guerra, y al entrar en el salón casi me desmayo: él se había quitado los calzoncillos y jugaba desaprensivamente con su aparato. Sin exageraciones: era más de lo que cualquiera podía esperar de la vida. Como si la situación fuera absolutamente normal, me dice que ha estado pensando que en vez de llevarse la cámara, yo podría hacerle las fotos en un rincón cualquiera de la casa, que, obviamente, tiene más posibilidades estéticas que la celda. Aún impactado por ese espléndido desnudo que ha tomado posesión de mi casa, le digo que sí, que lo que él mande, y cojo la máquina dispuesto a cumplir con sus deseos al instante. ¿Qué máquina? La fotográfica, hombre. No te rías de mí, sabes que en el fondo soy muy tímido. Aprendí de mi santa madre que para coger algo que no nos pertenece debemos pedir antes permiso. Bueno, vuelvo al gran relato. ¿Por dónde iba? Ah, sí, que yo estaba enfocándolo con la cámara. La cuestión es que su miembro ha ido adquiriendo paulatinamente una pesadez distinta y él una dulzura agresiva que, lejos de intimidarme, me fascina. En la televisión, los vaqueros ya están desnudos, aunque todavía no se han quitado las botas y uno lleva su pañuelo al cuello. La Vanessa se ha olvidado de los llantos y está feliz: han escondido en su trasero una verga descomunal e intenta que otra la penetre por de-

lante. Mientras, para no sentirse desocupada, distrae su boca con la del vaquero más joven, que si bien tiene un tamaño considerable, se niega a endurecerse del todo. Juan Antonio asegura muy seriamente que eso no le pasaría nunca: tiene un control absoluto sobre sus erecciones. Sonrío con incredulidad y lo veo cambiar de expresión. Cogiéndome del brazo con fuerza pero sin violencia, me dice que él no miente, no a mí, y que puede demostrármelo. Se pone sobre un sofá con la piernas abiertas y las manos en la cintura. No sé qué pretende, pero sólo la pose me parece más que suficiente: tengo el corazón acelerado y bajo el short mi sexo comienza a manifestarse pidiendo libertad. Sin dejar de mirarme a la cara, el joven modelo ha comenzado a izar el increíble mástil hasta lograr que el glande quede a pocos milímetros de su vientre. No vayas a pensar que esto es todo: mientras hace unos aparatosos movimientos circulares con esa perfecta escultura de carne que lleva como polla, me dice algo así como que yo había dudado de su infalibilidad y que ahora su picha me llamaba para que hiciera todas las comprobaciones necesarias. Me olvido en un segundo de mi educación esmerada, de todos los consejos familiares y hasta de los años de rígida disciplina religiosa, y ansioso por dejar de lado mi recién adquirida profesión de fotógrafo en aras de vaya a saber qué extraña ocupación como inspector de órganos viriles, no espero a que me repitan la invitación. Avanzo, con todos mis poros abiertos, a recibir ese regalo impresionante que amenaza con dejarme recuerdos imborrables. Nadie va a creerme, lo sé, pero te juro que suponía el sabor que realmente tiene. Tampoco me fueron extraños sus olores, ni la manera precisa de conducirme, ni la textura de su piel. Me arrastraron nuevamente a las calles de la adolescencia, a los zaguanes eróticos, a los rincones sexuales, y sobre todo al recuerdo palpable de mi primo, aquel que extrajo de mi cuerpo los primeros acordes de la sensualidad. (Arrodillado allí, en esa incomodidad que no lamento, con él delante moviéndose a un ritmo de una lentitud desesperante, me esfuerzo en trabajarlo con sabiduría para que no pueda desprenderse fácilmente de mi recuerdo cuando todo este sofoco haya pasado. Es imposible tenerla entera dentro de la boca. Trato de remediarlo comiéndomela a trozos, sin darme respiro, reconociendo con mi lengua cada fragmento de su verga: la suavidad del glande, la accidentada geografía de venas musculadas, la rugosa y peluda piel que cubre los testículos cuando juego con ellos dentro de mi boca. Pide que me detenga; dice que si sigo se correrá allí dentro, me ahogará con su semen. Yo sigo adelante como si no lo oyera. Quiero conocerlo todo. Comienza a descargar sobre mi lengua mientras me coge de los hombros, equivocándose al pensar que, finalmente arrepentido, deseo escapar de su regalo. Mi mano derecha abarca apenas una parte de la circunferencia de su miembro. Me masturbo torpemente con la izquierda, hasta que él la detiene diciéndome que espere. Se agacha a besarme, y su falo maravilloso, aún erecto, recorre descuidadamente mis costillas, bordea el ombligo, se aprieta contra mi vientre. Acabo eyaculando yo también, mientras su lengua busca la mía sin ascos ni vergüenzas.) ¿Te parece arriesgado, verdad Roberto? A mí también, pero no pude evitarlo. Creo que, además, esto es sólo el principio.

El calor ha secado los aljibes
y se mueren de sed todos los pájaros.
Una canción sin música se escucha
por las habitaciones del pecado.

Las sábanas se secan en silencio
para no molestar a los amantes
y en los huecos oscuros de la alcoba
comienzan los gemidos su descanso.

Hay una mano laxa que acaricia
el cuerpo que el amor ha desvariado.

Apenas un momento antes,
los goces unían sus llamadas.
Ahora el silencio se volvió susurro
construyendo nidos de placer sobre la cama.

Deja que vuelva a penetrar tu cuerpo.
No es el arma de acero, ni la vaina.
Será una guerra justa, te lo juro.
Tú ya has ganado la anterior batalla.

—Poetas... ¡Maricones!

La voz de Bigati resuena en la habitación. Mira a su alrededor como buscando al que ha emitido el comentario, y al no encontrarlo mueve la cabeza lentamente hacia derecha e izquierda, mientras dice:

—Entre los versos y las pollas se les reblandece el cerebro. No es de extrañar que los enganchen las psicólogas.

—¿Sabe una cosa, doctora Lalangue? Cuando vine la primera vez, me pareció un desafío que usted fuera mujer. Me dije que era la mejor manera de aventar viejos fantasmas. Hoy ya no estoy tan seguro. Si pudiera contarle todo lo que me ocurre cada día, con lujo de detalles, seguramente usted pensaría que miento y que lo hago para agredirla con palabras gruesas, con situaciones fuera de su dominio... No creo que en la universidad les hablen de ciertas cosas del mundo gay... Cómo nos relacionamos, cómo hacemos el amor... ciertos detalles que cobran para nosotros una especial importancia. Imagino que usted es una mujer de clase acomodada. Que fue una niña burguesa con la vida absolutamente resuelta por sus padres. No creo que haya conocido nunca a nadie como yo, a nadie de mi mundo. No la veo en bares de décima categoría, alternando con gente marginal... rara... especial... no sé, como quiera llamarla: ex presidiarios, travestís, chulos de baja estofa... De casa al liceo y del liceo a casa, así me la imagino a usted. Buenas ropas, buenas notas, buenas compañías. Una buena niña en suma, amante de la ley y el orden. Cuando le conté a mis amigos que pensaba psicoanalizarme, fantaseamos con la posibilidad de que en la primera entrevista, al confesar mi condición de homosexual, el analista diría que él no atendía degenerados y me echaría de la consulta, gritándome cosas como: ¡fuera de aquí, maricón! o ¡qué se ha creído usted, asqueroso! Con ellos nos reímos mucho, pero ya veo que a usted no le hace ninguna gracia... Me estoy yendo por las ramas... Ni siquiera sé de qué estaba hablando.

—Me «confesaba» su condición de homosexual...

—Es verdad. Y después de eso llenaba el silencio de palabras para no saber qué piensa del asunto... No sé cómo contarle todo lo que le cuento a mis amigos sin problema, es más, pavoneándome y con cierto orgullo... Verá, el otro día, cuando ya estaba al borde del abismo, me hicieron el amor de una manera especial devolviéndome a la vida. Ahora mismo, al decirle esto, no sé si usted se ruboriza o qué... A veces me siento como si estuviera hablándole a la Esfinge... esa asedada mariposa con garras de metal que en cualquier momento puede salir de su mutismo para destrozarme el corazón con un zarpazo... Pero eso sí, con absoluta discreción. ¿Verdad?

»Silencio... Dígame: ¿Qué se puede hacer para que usted reaccione?

—...

—No hay manera. Ahora me castigará con su mutismo, y yo hablaré y hablaré hasta que llegue el momento de marcharse... Seguramente para cubrir mi culpa con palabras... ¿Quiere que le cuente algo divertido? Ultimamente estoy actuando como una mala pécora... tratando de no sentirme culpable mientras una voz interior, ¿la suya quizá? bueno, una voz interior desconocida me decía que lo que estaba haciendo era digno de un tipejo de la peor calaña... Usarle el novio a un amigo que para colmo de males está preso. Una jugada muy a lo Jean Genet, ¿verdad? Hay que revestirla de cultura para que no sea tan despreciable... Y luego, en realidad, me sentí fantásticamente bien. Un triunfador absoluto. Consiguiendo lo que deseaba sin planteos rebuscados, con sólo estirar la mano. Mi único castigo fue ganar el paraíso terrenal... Pero yo no soy Adán, ¿verdad?... Ni Eva...

»Muchas veces me encuentro viviendo en el infierno,

un infierno que no merezco de ninguna manera. ¿Con qué maldita justificación pueden pretender que me consuma allí sin remedio? Finalmente, después de tanto tiempo encontrando mis labios secos e inútiles, alguien me ha besado en la boca con pasión, haciéndome conocer su deseo con claridad, sin remilgos. Desde mi infancia, cuando mi primo me poseía por los rincones de la casa paterna enseñándome el lado doloroso del amor, no había logrado un encuentro tan total, tan conmovedor. Tierno y brutalmente violento a la vez. ¿Le dice eso algo?

»No hemos dejado un solo centímetro de nuestro cuerpo sin recorrer... Parece un bolero, ¿verdad? Es una manera "delicada" de decir que nos hemos lamido enteros, que hemos investigado hasta el último pliegue de nuestra piel, hasta el más insospechado de nuestros orificios. Era como si tratáramos de escondernos el uno en el otro... Saboreando los néctares fragantes del placer. ¿Se da cuenta? Sigo sin poder hablar sencillamente, sin metáforas. Si me atreviera a usar con usted las palabras y los gestos que usamos entre los amigos cada vez que contamos nuestras experiencias sexuales... Seguramente le diría que la tiene así de grande... que cuando se corre es un río de semen en el cual quisiera sumergirme... No hay manera, frente a usted, doctora, me pongo irremediablemente cursi.

»Lo que tengo claro es que hoy andaba por la casa como la Campanilla de Peter Pan. Hasta el trabajo me parecía un don divino. Me levanté cantando aquel viejo bolero de Elvira Ríos... Se lo cantaría, pero canto fatal. No tengo oído para la música. Y no es falsa modestia: desde pequeño me hicieron enfrentarme a esa carencia echándome de los coros de la escuela porque, según todos, desafinaba. Fue allí, supongo, donde comencé a preferir *la palabra escrita. Yo, que en realidad soñaba con un escenario inmenso a mi servicio y un montón de luces persiguiendo mi cuerpo por la pasarela, tuve que conformarme con la humilde introspección de la literatura. Como diría Borges: "Es de noche. No hay otros. Con el verso debo labrar mi insípido universo". Un destino forjado con la ayuda incomparable del profesor Serrano, un defensor acérrimo de la música culta frente a las hordas desmelenadas del pop. Me parece verlo. Era un cuarentón atildado con cara de ave de corral y una rigidez tan exagerada en el cuello que casi no le permitía mover la cabeza para hablarnos cuando nos tenía a su lado. Confesaba avergonzarse frente a los vecinos porque estaba obligado por su trabajo como "educador" (son sus palabras) a escuchar folklore. Nuestro odio hacia él era tan grande como su desprecio hacia nosotros. Solamente por vengarnos, nos ensuciábamos las manos con tiza para luego palmearle amistosamente la espalda, dejando sus impecables chaquetas oscuras, antiguas pero esmeradamente cuidadas, con las fantasmales huellas de nuestros dedos. Un día Saucedo, el más arriesgado de todos, logró dejar impresas sus manos a la altura del culo, sin que aparentemente el agarrotado profesor de música se percatara del roce... No sé por qué le cuento todo esto. Por qué me acuerdo ahora de Lucho... Era un guerrillero de las aulas, un guerrillero histriónico que imitaba a King Kong saltando de pupitre en pupitre. El me hizo conocer los poemas ambiguos de Withman. Era el* Canto a Mí Mismo *en una traducción de León Felipe. Me acuerdo del libro: uno de bolsillo, barato. Tenía una gran hoja verde dibujada en la cubierta. También me hablaba de Lorca, de cómo lo habían fusilado a causa de sus inclinaciones políticas y de su más que presumi-*

ble homosexualidad. Yo, que estaba perdidamente ena-
morado de mi compañero de curso, no supe ver en esas
preferencias literarias una confesión velada, la definición
apenas encubierta de su propia sexualidad. Al correr de
los años volví a encontrarlo. Seguíamos siendo los mis-
mos, compartiendo de manera más cercana un mundo
del cual no hablábamos, convencidos quizá de que si lo
hacíamos, algo se quebraría para siempre. El había con-
vertido su manera de vivir en una forma de superviven-
cia. Era actor desde su expulsión del liceo que compar-
tíamos y había recorrido el mundo con un espectáculo de
mimo que representaba donde se lo permitieran: plazas,
colegios, calles... hasta que actuando en el metro de Pa-
rís sufrió un accidente que desencajó algo en su espalda,
forzándolo al paro. Cuando nos despedimos nos seguía-
mos viendo como aquello que habíamos sido mucho
tiempo atrás: dos adolescentes ilusionados con la vida,
seguros de que el destino no podía depararles nada
malo. Nos separamos con cariño, pero sin pretender algo
más que esa media hora fuera de tiempo. Le pregunté
qué había en su futuro. Me miró con sus ojos vegetales,
y sin ninguna piedad para consigo mismo me dijo que
no sabía vivir sin el teatro, que si no arreglaban pronto
su espalda seguramente acabaría matándose. Me quedé
viendo cómo se alejaba, tratando por vanidad u orgullo
de disimular su cojera. Ni siquiera pude llegar a com-
prender mis sentimientos. ¿Quería hacer algo por rete-
nerlo o prefería verlo desaparecer como al pasado?
A partir de ese día no supe más de él... Sin embargo,
conservo esperanzas de un encuentro futuro, un encuen-
tro donde finalmente no sea necesario despedirse...

»No esperaba llorar frente a usted... No crea que me
importa...

»Después de tanto tiempo de aridez, de sequía... Es que hay tantas personas queridas, tantas personas cercanas que se han marchado de mi vida... ¿Me puede decir qué hago con todo este dolor?

—Creo que hace lo que puede: trata de comprender, llora, se prepara para seguir viviendo. Despide lo que se va para dejar espacio a lo que está llegando.

—Es que no quiero más despedidas... Hay una implícita en cada encuentro.

—Enrique, es la hora. Tendremos que dejarlo hasta la próxima sesión.

—¡Mierda!

Bigati levanta un poco el culo de su asiento, dejando espacio suficiente para que escape un sonoro pedo. Tras echar la culpa de sus gases al queso francés y maldecir a los gabachos, ruega que nunca le suceda algo similar delante de su mujer: ella es particularmente delicada y se lo hace pagar con abstinencias. Vuelve a mirar dentro de la caja de latón, reconociendo el membrete del papel donde su patrón, Francisco Ferrer, alias Paco, propietario de la discoteca Anfora, ha escrito, de puño y letra, varios mensajes dirigidos al dueño de casa. De alguna manera ha comenzado a divertirse con la lectura de esta absurda historieta por entregas.

Chaval:
Recibí las fotos. Disculpa que no te hiciera pa-

sar aquel día, pero estábamos haciendo la caja. Desgraciadamente las cosas no andan bien para nadie y menos para los que tenemos negocios que dependen del turismo y con cantidad de empleados. Aunque las fotos son muy oscuras el chico parece guapísimo. ¡Vaya pollón que tiene! Si no estuviera casado te aseguro que me lo pensaría. Esto es broma. Soy un tío al que le gusta ayudar a la gente y que tú me caes de puta madre. Pásate por el local alguna noche a la hora de cierre y charlaremos. Supongo que es tu amigo. Cuídalo mucho. La gente del ambiente es muy mala y por un chico así serían capaces de sacarte los ojos. Cualquier noche de éstas pasaros por aquí, os invito a una copa. Soy una persona muy ocupada y viajo mucho, así que mejor no dejes pasar el tiempo. Las fotos se las enseñé a mi amigo el director de cine y dijo que quizá le podría hacer unas pruebas, pero que prefería que yo lo viera antes en vivo y en directo para dar mi parecer. Sabrás que en estos momentos la competencia es muy grande. Hasta él llegan todos los días cantidad de guapos que quieren hacer carrera artística. No sé si sabes que el Imanol hizo sus pinitos con nosotros y mira dónde ha llegado ahora. Si tú no pudieras venir me lo mandas a él, que yo lo trataré muy bien, no te preocupes. Siendo un chaval derecho y trabajador siempre se puede conseguir algo, aunque sea fuera del cine. Grandes condiciones no le faltan. (Es broma, no te ofendas.)

Paco

Enriquín:

Te mando esta nota por medio del barman, el Tony, para comentarte algo del Harrison. Quedamos que en adelante se llamaría así porque parece que su madre le puso ese apodo y además es un nombre que suena bien artísticamente. Le falta refinarse un poco, pero tiene interés en que yo le dé algunos consejos y lo guíe artísticamente. Cursos de teatro y esas cosas, ya sabes. Lástima que según parece no puede venir nada más que algún fin de semana que otro porque la familia es muy rígida y la novia muy celosa. Yo creo que si quiere hacer carrera tiene que ir pensando en soltar amarras. Deberías aconsejarlo tú también. Yo no puedo perder tiempo y dinero con una persona que no está segura de lo que quiere. Un abrazo cariñoso de tu siempre amigo:

Paco

—¡El Tony! Un soplapollas de mucho cuidado. Si usara la lengua sólo para dar gusto a los demás...

Bigati sabe lo que dice. Ha llegado a conocer especialmente bien, y en todos sus aspectos, el húmedo órgano del barman. Por eso le asombra que su jefe, Paco Ferrer, un tipo que había demostrado poseer inteligencia suficiente como para forrarse con un puticlub de mala muerte, hubiera confiado en semejante maricón para despachar sus asuntos privados.

—¡El Tony, justamente el Tony! ¡No se habrá dado panzada con el asunto, el muy putazo!

—¡Vaya chaval que se consiguió el viejo! ¡Está como una moto! Y tiene un pollón que no se puede creer. El otro día, limpiando el escritorio, encontré unas fotos donde está totalmente en pelotas y casi me caigo de culo. Se entiende que la Paco esté colada y el Pedrito histérico. Desde que el Harrison entró en escena, la Paco lo tiene dejado de lado. El se había pensado que lo tenía cogido de las pelotas, pero yo, que conozco el material desde hace años, sé que el Paco pierde la cabeza por un buen pedazo. Se hacía el macho con el Pedro porque no tenía nada mejor y le quedaba cómodo. Si últimamente hasta lo había puesto de portero... Como al Pedro también le conviene porque sisa en las entradas... El viejo es un águila, y cuando apareció el chiquito este vio carne fresca al alcance de la mano, ¡ja!, y del culo. Mientras la Pedrito se queda en la puerta, controlada por el Bigati y sin poder moverse, él se encierra en el despacho con el chico y se montan la fiesta. Me gustaría saber cuánto le cuesta. El Paco se anuncia como su representante artístico, ¿pero desde cuándo esa hortera representa algo? Y dice que el Harrison tiene un gran futuro en el mundo del cine... Porno será, digo yo, porque del otro... Ya me dirán qué pito toca el viejo en el otro cine, si creo que la última película que vio fue La túnica sagrada. Por lo pronto el chulito va lleno de oros: una cadena que parece de perro y un reloj que debe costar una fortuna. Sinceramente, ya me gustaría a mí poder pagármelo. La Jesusa, el del guardarropas, anda contando a medio mundo que una noche se lo encontró meando y se puso al lado, para verle el pedazo. Dice que cuando el Harrison se dio cuenta empezó a meneársela, y separándose del mingitorio se la ofreció como en bandeja, mientras le decía: «Si te gusta mucho te la presto para que me la mames. En serio, total no se me va a gastar». Yo creo que son invenciones del Jesús, sobre todo porque jura que salió corriendo, y dice que a él no le gusta meterse en líos con los ligues del patrón y que con la crisis es más fácil encontrar pijos que trabajo. Puede ser, pero si me pasa a mí, como que me llamo Tony que engroso las listas del desempleo.

—¡Se aclaró el misterio! Si es que a veces parezco bruja. Le había comentado hace unos días a la Trini que me extrañaba la desaparición de aquel chico tan simpático, gay, que venía todos los días a comprar pan integral y de golpe se esfumó como si se lo hubiera tragado la tierra. Yo temía que se hubiera muerto de sida, que es una idea horrible, pero en estos tiempos que corren bien verdadera, porque mirá el camarero del Cumbiamba Dos y Rock Hudson y tanta gente sana y simpática a los que de golpe, ¡zácate!, se los lleva la parca. También es verdad que las motos matan más que el cáncer, como dijo un ministro de Educación por la tele el otro día... Ya me perdí. Es que soy una típica Piscis, demasiado soñadora, y me voy enseguida por las nubes. ¡Ah, sí! el chico este, el desaparecido... No murió. Está vivito y coleando. Lo que pasa es que vino a vivir con él un pariente de Galicia, un primo creo, que es actor de fotonovelas o algo así y que se encarga de comprar el pan cada día, porque parece que el otro está sobrecargado de trabajo, traduciendo un libro. Este a mí no me gusta de-

77

masiado. No está mal, pero tiene unos ojos rarísimos, como de asesino de película. Y es demasiado calladito. No, tímido no, porque cuando mira, mira. Yo creo que la flechó a la Merche desde el primer día. Ella se hace la disimulada, pero se pinta mucho más, y ahora nunca se va de la panadería a la hora del desayuno, como antes, que había que ir a buscarla, y la muy cabrona dice que es porque quiere adelgazar. Además, cuando él entra se pone nerviosísima y cada dos por tres se le caen los panes de la mano, que te digo: si la ve la catalana la mata, y se apura para atenderlo ella aunque no sea su turno. Yo a veces, para reírme nada más, hago el ademán de «¿Qué desea?», y la Merche me mira con cara de «si lo despachás vos te mato» y allá va ella, llena de sonrisas como la yioconda. Siempre le pregunta lo mismo: «¿Qué te pongo?». Si el panadero fuera él, seguro que la Merche no contestaba «una barra integral y dos panecillos de viena».

Bigati echa un poco hacia atrás la silla, como para contemplar con distancia el efecto que hacen sus ordenadas pilas de papeles. Bastante aburrido del silencio, decide leer en voz alta la carta que tiene en la mano, haciéndolo con el tono nasal y afeminado que supone propio del autor.

Enrique:
No entiendo lo que pasa. Ni tú, ni el Harry os habéis vuelto a comunicar conmigo. Cuando a él le

dieron la libertad yo le presté el poco dinero que tenía en el banco porque me dijo que necesitaba hacerse unas fotos para el book. Juró que se lo devolvería a mi madre. Ella tampoco ha sabido nada más de él. Como no tenemos idea de dónde está parando, trató de comunicarse contigo, pero nadie contesta el teléfono. Quizás el chaval haya tenido algún problema momentáneo que le impidió cumplir con su promesa. Yo paso del dinero, tú lo sabes, pero aquí dentro todo es muy duro y uno se come demasiado el coco. Hay mucho tiempo para pensar y como no estamos en la Costa Brava, tirados en la arena con un cubata en la mano, se te ocurren cosas muy negras. Por favor, me gustaría recibir aunque sea una esquela tuya. Es sólo para tranquilizarme. No creo que pueda pasarles nada grave justamente a dos de las tres únicas personas en las que confío plenamente. Si fuera así, casi no valdría la pena seguir viviendo. Tu amigo,

Leandro

—Tira más una polla que una yunta de bueyes...
Bigati deja la carta de Leandro sobre la mesa y decide desentumecer sus piernas caminando un poco por el piso. Tiene la inquietante sensación de no estar solo y se descubre pensando que tal vez, como el cadáver es reciente, el espíritu aún no se haya desprendido del todo.

—No tontees, cabrón. Los hombres somos como las vacas o los gorriones: lo único que desprendemos después de la muerte es mal olor.

Repentinamente abatido, Bigati se deja caer en un sillón, sintiendo que sus muslos han ido a descansar sobre un objeto plano y duro: una carpeta de tapas negras y brillantes con varios escritos de Enrique Izabi, archivados sin demasiado rigor.

—*Sé que nadie pedirá la opinión de una mesa auxiliar... Hasta en los locales de decoración más refinados se me conoce como «mueble accesorio», nombre a todas luces despectivo y que me engloba, para colmo, con un conjunto de artefactos ridículos. Soy, sin embargo, de una utilidad absoluta, al menos en esta casa. En mí se depositan todas las cosas de uso frecuente. Por mí pasan desde entradas de cine ya usadas hasta llaveros o pañuelos llenos de mocos. Comen sobre mí, se sientan sobre mí y, sobre todo en los últimos tiempos, hacen el amor sobre mí, sin preocuparse demasiado por los chorreones pegajosos que debo soportar. Desde la tarde aquella en que ese apuesto joven de los tatuajes vino a visitar a Enrique, todo en esta casa ha cambiado. Ya no se hacen aquellas largas veladas de conversación entre humos malolientes e inclusive muchos de sus habituales asistentes dejaron de verse por aquí. Mi superficie, por tanto, ha dejado de sufrir las agresiones que le infligían. Aquellos aros vergonzosos y algunas de las odiosas quemaduras que me afeaban desaparecieron, gracias a los oficios del encantador joven de los ojos grises que ha tenido a bien pulirme con mucha delicadeza. Luego de esas sesiones de embellecimiento he aparecido sosteniéndolo en varias fotografías de tipo artístico. Debo reconocer que son un poco fuertes y yo sólo cumplo un papel* secundario. *El siempre está desnudo, y como ha sido tan bien dotado por Dios en lo que a aparato reproductor se refiere, los ojos tienden a irse hacia ese lugar específico, quedando la perfecta armonía de mis líneas en segundo plano. Las sesiones han sido interminables. Nada más comenzar, tanto el exuberante modelo como su apasionado fotógrafo entraban en calor y la cámara quedaba como yo, olvidada por cualquier lado, mientras ellos montaban un sonoro espectáculo erótico por distintos rincones del apartamento. Una madrugada recibimos la llamada de un vecino preocupado por los quejidos que no cesaban. Según dijo, le habían hecho temer que algún sádico asesino estuviera estrangulando lentamente a alguien de la casa. Tuvieron que convencerlo de que era una trasnochada sesión de aerobic, sin música y a efectos de superar el insomnio.*

»Yo, sin embargo, estoy más contenta. Ahora Enrique se queda más tiempo en casa e inclusive ha retomado nuevamente la costumbre de escribir. Muchas mañanas se levanta cantando, y, aunque lo hace fatal, es algo que no sé por qué me produce muchísima alegría.

Martes 18, 11 horas. (¿Será esto un diario?)

Ayer vino a verme Roberto. Había telefoneado por la mañana para anunciarme de una manera formal que quería conversar conmigo por la tarde. Es un tipo muy de salón, ritualista y amanerado, sin embargo había algo en su voz que me hizo pensar que esta vez su preocupación era real. Yo quería quedarme todo el día en casa para ver si terminaba de traducir ese maldito artículo sobre las ´micosis de una buena vez. Juan Antonio andaba en sus asuntos «artísticos», lo que me aseguraba al menos algunas horas de trabajo riguroso y sin distracciones. Siempre está dispuesto, y tenerlo cerca sin hacer numeritos es casi imposible. Además de su olor y su presencia, cualquier alusión suya a una cama anterior basta para ponerme a mil. Es un genio para traerlas a colación cuando ve que su encanto personal no vence mis resistencias. Si usara tanta imaginación y potencia en cualquier otra cosa, digamos productiva, sería imparable. Se lo repito constantemente para ver si así le entra en la cabeza, donde más de una vez he pensado que sólo tiene un letrero rojo de neón, de encendido intermitente y con la palabra *sexo* en letra cursiva.

Desde que salió de la cárcel vive prácticamente en casa, con intervalos que corresponden, supongo, a las calenturas que se coge por ahí, amén de sus asuntitos más o menos turbios. Me ha prometido no robar más, y aunque me cuesta un esfuerzo enorme no dejarme atrapar por ideas negrísimas, trato de creerle. Sobre todo porque la promesa fue hecha en medio de un orgasmo, la culminación gloriosa de la única ceremonia que respeta. Se define a sí mismo como «un pan inacabable que no puede negarse a los hambrientos», frase que causó entre mis amiguetes habituales el mismo efecto que las bombas de napalm entre las gacelas. Lo suyo ni siquiera es pedantería, sólo una especial forma de misticismo que empiezo a entender ahora, cuando ya llevamos conviviendo, y condurmiendo, más de un mes. Lo que al principio fue una historia sexual más, se ha ido convirtiendo en esta extraña relación que nos une, casi parental, y que parece tener sumamente preocupados a mis amigos habituales. Todos piensan como Roberto. Finalmente, ayer se descolgó con un especial sermón de las buenas intenciones donde se hacía portavoz de los que me querían y estaban sensiblemente preocupados por mí. Parece olvidarse de la época en que tuve una vulgar hepatitis y todos mis sensibles amigos desaparecieron, supongo que por temor a que fuera el primer aviso de «la innombrable», seudónimo con el que algunos de ellos se obstinan en apodar al sida. No pueden esperar ningún cambio en mi actitud con Juan Antonio. Me divierto con él de una manera diferente, sin necesidad de ser brillante, mordaz o profundo. Desconoce casi todo, pero su curiosidad es más vital que sus carencias y, para colmo, cuando me toca, no necesito nada más sobre la tierra. La entrevista fue corta. Roberto se despidió de mí como si fuera un médico frente a un paciente terminal por el que nada puede hacer, ni siquiera confesarle la gravedad de su mal. Cuando me quedé solo, una sentimiento extraño de abandono impedía que me concentrara en el trabajo. Rogué que Juan Antonio volviera de la calle con ganas de alborotar el gallinero.

Jueves por la tarde

Pacheco se ha vuelto a mear sobre la cama. En el último tiempo se ha neurotizado. Es evidente que no soporta vivir en un piso, sin sus cabras y los matorrales donde correr a revolcarse. Creo que la presencia de Juan Antonio ha terminado de desequilibrarlo. Como a mí, que he comenzado a escribir nuevamente, quizá para escapar a la tentación de coger el teléfono o salir a la calle para contarle al primero que encuentre las cosas que me ocurren. Paso, como siempre, del ensimismamiento a la verborragia, y después de la visita de Roberto haciéndose portavoz de mis supuestos amigos, he decidido hacer una cura de silencio. Las opiniones ajenas sólo me producen más confusión, y no puedo dejar de ver en ellas la envidia, los celos o la pacata ramplonería de los que me sermonean. Hace unas semanas que tengo mi vida bajo la lupa, cuestionándolo todo y a todos. Si soy inexorable conmigo mismo, ¿cómo no serlo con los demás, habitualmente tan poco piadosos con el género humano? Volviendo a *Pacheco*, no sé qué haré con él. Lo quiero muchísimo y creo que es de una inteligencia superior, quizás el más astuto de los gatos que he tenido, pero últimamente agrega sus particulares angustias a mi desorden general. Se pasea por la casa aullando, no le apetece comer ninguna de las cosas que le compramos, deja sus laguitos de orina por todos los rincones y, lo que es mucho peor, también sobre las mesas y las camas. Juan Antonio repite que *Pacheco* controla y se las sabe todas, sin aclarar demasiado el significado de esas afirmaciones tan rotundas. Cuando digo que quiero tirarlo por la ventana, o que tengo planes concretos para dejarlo abandonado en el jardín del Mosén Verdaguer, mi ex presidiario me mira con cara de víctima y pregunta si hablo de él o del gato. Por supuesto que cinco minutos más tarde estamos en la cama haciendo tonterías y *Pacheco* respira tranquilo, libre de amenazas.

Juan Antonio ha comenzado a interesarse por mis cosas. Me preguntó si podía recomendarle algún libro divertido y le di a elegir entre los pocos que tengo en castellano. Optó por uno de cuentos fantásticos: *Remedio para melancólicos,* quizá convencido de que se trataba de un libro de medicina alternativa. Veremos qué opina mi erotizada Elisa Doolittle del señor Ray Bradbury.

Miércoles 27 (?)

Tendré que ir a Madrid por unos días, lo que aumenta mi estado de inquietud. A ello atribuyo sueños tan raros como el de anoche, que supongo hará las delicias de la señora Lalangue. Me preocupa (sí, es mejor que lo reconozca) dejar a Juan Antonio solo en casa. También siento que es una necesaria prueba de confianza hacia él. Una confianza que en realidad no tengo, aunque por conseguirla luche cada día contra todas esas voces interiores que se empeñan en decirme que, más que la felicidad, estoy buscando mi ruina.

(A todo esto: ¿de quién o quiénes serán las voces que me hablan? A veces, hasta me parece reconocer alguna de ellas. También es posible que existan solamente en mi imaginación, que en definitiva, y como diría la Colores, yo haya caído en las afiladas garras de «Lalo Cura».)

Un sueño

Hay un tren en medio de la calle y la calle es la de mi casa paterna, la primera en que viví. Yo subo al tren que espera, consciente de que no tengo billete. Tampoco tengo zapatos y esto no me parece natural, me produce una gran inquietud, me hace sentir extraño, diferente a los demás. Todos los asientos están ocupados por gente que me mira fijamente, como si estuviera estudiándome. Trato de bajar, pero las puertas se han cerrado y el tren marcha a una velocidad extraordinaria. En algún momento debo de haber perdido el resto de la ropa porque de pronto me doy cuenta de que estoy totalmente desnudo. Trato de hacerme invisible: en este país no se puede andar así por la calle. Al menos nadie lo hace, y menos aún en un tren lleno de gente, sin billete y con un destino desconocido. Por suerte descubro en uno de los asientos a aquella mujer coja y extremadamente fea, que, por alguna razón que no recuerdo, era bastante amiga de mi madre. Se trataba de un espíritu sensible, con mucha habilidad para las manualidades aprendidas de las monjas en su infancia. La cuestión es que ahora estaba allí, llevando en su regazo un enorme plato decorado con flores de miga de pan coloreada. Me lo estaba ofreciendo con una sonrisa. Yo lo cogía sin dudar, usándolo para tapar pudorosamente mis genitales. En ese mismo instante su figura se desvanecía y nunca más volvía a verla. Algo similar a lo que había pasado en la vida real. Creo que el hermano de mi madre, único varón entre ocho mujeres, la había enamorado y estuvieron a punto de casarse. El era un solterón de cuarenta años sin oficio conocido, burlón y violento, que buscaba una mujer que lo cuidara y, en lo posible, que también lo mantuviera. Mi madre, que quería quitárselo de encima, hizo lo imposible para que la unión se efectuara pero la coja no tenía ni un pelo de tonta y, luego de llenarnos la casa de centros de mesa con rosas de pan, costureros de caracolas y paisajes pirograbados con casitas alpinas, acabó haciendo un delicado mutis. Pero ésa es otra historia y mejor vuelvo al sueño. La cuestión es que el plato también desaparece, pero al menos he logrado sentarme y cruzando las piernas puedo tapar mis vergüenzas. El finado Daniel, que está a mi lado, comienza a hablarme de una antigua película de Bergman, mientras yo no dejo de pensar que cuando suba el revisor y me vea desnudo y sin billete, seguramente llamará a la policía. Como si mis angustias no fueran suficientes, Daniel se ha vuelto transexual y está pintándose los labios con un rojo violentísimo que se llama «Sangre de Pirata», de Rygreen. Me impresiona ver que no sólo le han crecido las tetas sino también los tacones de los zapatos y para distraerme un poco comienzo a leer en voz alta un poema que escribí hace tiempo y que habla del amor comparándolo con un partido de tenis. La señora canosa suelta el caniche que llevaba en brazos y comienza a eructar con estrépito. El perrito se acerca y me doy cuenta que es la hijita de Brigitte Bardot que musita algo en francés. Me agacho para oírla mejor. Con una pronunciación impecable me dice: *«Je suis la maîtresse de Madame La Marquise»*, y luego agrega, en un castellano también inobjetable: «Si quieres culearme tendrás que matarme». Frente a semejante provocación, mi entrepierna comienza a despertar y el aparato que crece es tan descomunal que golpea al ocupante del asiento delantero, un señor apuesto de mediana edad con gafas de montura dorada (¿William Hurt?), que gira la cabeza para besar el glande (que no ha dejado de desarrollarse y ahora tiene el tamaño de un casco de motorista) mientras susurra: «la locura es la madre de todos los vicios y sólo la virtud puede aplacarla». Todo el tren está pendiente del fenómeno que crece entre mis piernas. El señor de las gafas doradas invita a varias personas que nos rodean a lamerme la punta del pene. Todas aceptan complacidas. Daniel deja sus quehaceres anteriores y reprocha mi actitud. Tiene un bigote oscuro y espeso que no me permite saber si sus labios siguen pintados y, bajo los pantalones azules de su uniforme policial, algo se mueve. Monsieur Herrou —mi joven profesor de la Alianza Francesa— comienza a despojarse de todos los instrumentos de alpinista que cargaba sobre sus espaldas. Con una autoridad que nunca tuvo en clase, dirige el enculamiento de una pequeña mujer pálida con sombrero y guantes de ante marrón. No hay enanos de ningún tipo. Yo dejo que los demás se ocupen de mi descomunal aparato, abandonándolo sobre el asiento. Estoy muy' interesado en los tres camareros clónicos que se han desnudado de cintura para abajo y bailan un *pas de trois* cogidos del brazo. Tienen puestas chaquetillas de color morado con bordados en oro y unos zapatos negros con hebillas también doradas, calzados sobre las medias de torero que cubren solamente sus pantorrillas, tan fuertes y cobrizas como los muslos. Sus vergas podrían sostener las velas más poderosas en los mares más huracanados y son inagotables surtidores del dulce esperma que golpea mi cara, el mismo que ha convertido el suelo en una pringosa pista de patinaje. Un espejo devuelve mi imagen: soy una maravillosa criatura de dieciséis años, de labios regordetes y cuerpo ambiguo, y una larga cola de fornidos señores cuarentones con bigote, aguarda para introducir sus miembros en el ojete de mi terso trasero. Muy sensatamente, el deportivo profesor de francés ha preferido dedicarse en exclusivo a la limpieza de los sonrosados labios de mi vulva, con su saliva y con su lengua. Esta, no contenta con los juegos superficiales, insiste en conocer el interior de mi vagina, produciéndome un cosquilleo que me hace recular, movimiento que aprovechan los dotados señores de la fila de atrás para introducirla a seco, sin lubricante alguno. El tren se ha detenido en una estación moderna que recuerda el aeropuerto barcelonés de Bofill. Mientras Jorge y Daniel (supongo que son ellos aunque no pueda asegurarlo) discuten sobre la validez de sus pasaportes, la pequeña hija de Brigitte Bardot se ha convertido en un perro pastor alemán de gran tamaño y ladra histéricamente al ·revisor que agujerea mis billetes. Ahora visto un elegante terno de franela gris, pero he vuelto a perder mis zapatos, por lo que decido no tomar el avión que me aguardaba. Una monja vasca ha abierto una canasta de mimbre y me ofrece un gran trozo de tortilla de judías tiernas. Me excuso diciéndole que no soy antisemita y ella me deja ver su pelvis: un monte de espesuras capilares color azabache donde el brillo del sudor parece iluminar el camino de la dicha. Me zambullo de cabeza en aquel desconocido paisaje mientras un órgano celestial desgrana aburridas fugas de Bach. Entre estertores de placer, devoro los aguacates que me ofrece uno de los camareros clónicos. Los ha deshuesado él mismo, cubriéndolos con esperma y gambas. Súbitamente, un grito de horror ahoga todos los otros sonidos del vagón: hemos pasado sobre las piernas de una mujer muy suave que ahora yace al lado de las vías. Dos vacías, desinfladas y sanguinolentas medias de látex, ocupan el lugar de sus extremidades inferiores. En medio del campo, de un suave amarillo luminoso que contrasta con el cielo gris, acerado y opaco, un bronceado Felipe me saluda con el torso al aire y la misma sonrisa que tenía bajo las buganvillas.

—*¿Sabe una cosa, doctora? La semana anterior, al salir de aquí, anoté todo lo que me había quedado sin decir... Aquí está. Sí, toda la historia con Juan Antonio, el compañero de celda de Leandro. ¿Se acuerda? Le conté que había venido a mi casa el amante de un amigo y yo me había acostado con él y que después me* *sentía culpable porque había actuado como... como un desesperado. Como si este... como si Juan Antonio fuera indispensable para mí y yo no pudiera prescindir de él... Que cuando podía echarme un polvo con un tío... yo que voy de legal por la vida, y que, bueno, que suelo ser muy crítico con ciertas actitudes de los demás, finalmente acabo siendo igual que ellos: no tengo escrúpulos cuando me caliento con alguien. ¡Esto es una mierda! He vuelto al confesonario, ¿verdad?: «Por favor, señor cura, perdóneme porque he pecado tocándome donde no debía, teniendo pensamientos sucios durante la misa y haciendo juegos de manos con mis compañeros en el recreo». ¡La redención de los pecados! ¡Vaya mierda! Y luego, de acuerdo a la información que tú le dabas, te invitaban a la cabina de proyecciones para sobarte el culo o las pelotas... Distraídamente, por supuesto; como quien no quiere la cosa. Debo reconocer que algunos no estaban del todo mal, aunque siempre olían a cirio, a incienso, a objetos de sacristía... como húmedos, como mohosos, no sé si me explico bien. Para mí los olores tienen una importancia fundamental en el sexo. Más de una vez he llegado hasta la cama con alguien y finalmente no ha pasado nada. Por un olor, o por un perfume que no me gustaban. Con Juan Antonio, por ejemplo...*

—*El compañero de su amigo preso...*

—*Sí, él. También estaba preso, en régimen abierto o algo así. No vaya a creer que es un asesino... Usted pensará que yo me junto únicamente con delincuentes. Sólo fueron robos menores y mucha mala suerte... Mucha mala leche además. Como él va de libre por la vida, demasiada gente queda resentida, herida. Y él no es un santo, además. Siempre se lleva recuerdos caros de sus* amantes ricos. No sé por dónde iba... Sabe, he descubierto que las anotaciones son muy útiles para el psicoanálisis. Aunque quizás el método no sea muy ortodoxo, ¿verdad?

»Dígame, ¿por qué se niega a dialogar conmigo? Todo sería más fácil si usted cada tanto me dijera algo... cualquier cosa, aunque sea un comentario sobre el tiempo... No una frase escueta dicha al pasar, sino algo que permita un diálogo. No, ya sé que no dirá nada porque el encuadre no se lo permite... Creo que no aguanto esta terapia tan unipersonal... ¡y tan cara! Me he vuelto a perder... ¡Ah, sí! Hablábamos de los otros ladrones: de Juan Antonio, de Leandro. Delincuentes en el amplio sentido de la palabra, porque también infringen leyes morales. Encerrando juntos a personajes como ellos «la buena gente» mata dos pájaros de un tiro. Con suerte y una pequeña ayuda del sida, pueden encubrir la pena de muerte, limpiar el mundo de pervertidos, dar un paso más hacia un mundo aséptico, desértico; un mundo de gente productiva donde no haya lugar para nada salvaje, ni siquiera árboles o ardillas. Pena de muerte para las diferencias. No me diga que de no ser real, no es al menos una paranoia coherente. Hablando de paranoias: no sé si Juan Antonio es seropositivo. Yo no lo soy... bueno, al menos no lo era. Muchas veces pienso que es un auténtico milagro, que soy un tipo con suerte, aunque, posiblemente, también me hayan salvado los prejuicios... Soy un maricón de esos a los que podría tildarse de machista... Nunca me acuesto con gente de ambiente, con gays definidos, de esos de barra de bar o discoteca. En un momento se dijo que eran los más «peligrosos». Un grupo de riesgo dentro de otro grupo de riesgo. Y eran los auténticos «gays», los más alegres, los diver-

tidos, los que sacaron la homosexualidad a la calle. ¡Qué putada, verdad! Como si no fuera posible ser maricón sin encubrimientos ni tristeza.

—Si usted no se acuesta con gays, ¿con quién se acuesta?

—Pretendo acostarme con otros hombres... Quizá con hombres tristes, hombres que todavía no saben lo que son. A veces, cuando la cosa se ponía demasiado dura, iba a los parques... Esa alusión a la dureza: parece que estuviera hablando de mi sexo... Sí, ya sé que no es gracioso, sólo que cuando se habla de la muerte necesito escaparme, bromear un poco.

—Ahora ya no hablaba de la muerte, hablaba de su sexo...

—Sí, es verdad, supongo que debo haberme equivocado. Como le decía: siempre que iba a los parques fantaseaba con encontrar algún desprevenido, un chico paseando al perro, un turista despistado... pero generalmente me topaba con algún amiguete y terminábamos cotilleando, riéndonos de los demás, de las situaciones que se daban. ¿Sabía que los homosexuales usamos los parques para ligar? Es la llamada de la selva... Perdón, hoy no paro de decir bobadas... Volviendo al asunto de los ligues. No sólo lo hacemos en los parques: también en los aseos públicos. Una manera muy práctica de ir derecho al grano. Se muestra lo que uno tiene, y si al otro le interesa la mercadería, se cierra el trato al instante. Con Juan Antonio en casa, hasta el cuarto de baño se ha convertido en un lugar pecaminoso. Hacer el amor con el sonido de la ducha lo pone a mil... dice que le recuerda a su pueblo natal, en Galicia. Quiere que vayamos juntos, presentarme a su abuela. Pobrecito, no tiene otra familia... Aunque es más de lo que tengo

yo, que no tengo a nadie. Bueno, tengo un gato... y ahora también a Juan Antonio. Una especie de hijo incestuoso... Baila desnudo el Bolero de Ravel, pero solamente cuando estoy triste, para hacerme reír. No es malo divertirse un poco. Digo, de una manera vulgar... Supongo que usted se divertirá con todas las tonterías que decimos los pacientes.

—Hablaba de un hijo incestuoso.

—¿Un hijo incestuoso? Ah, sí, tonterías que inventamos a veces... juegos... Juan Antonio detesta que yo haga hincapié en la diferencia de edades. Como él es mucho más joven, alguna vez le dije que me respetara, que podía ser su padre... una ridiculez de un momento. No lo olvidó, nunca olvida nada, y un buen día, en medio de una cama, en un momento digamos... culminante, me lanzó lo del incesto... Para provocarme. En realidad la palabra incesto la pongo yo. No creo que Juan Antonio la conozca siquiera. Es hijo de madre soltera, bastante pobre... No tiene ninguna cultura, casi no ha ido a la escuela. Sin embargo, tiene un nivel de inteligencia alto, una sensibilidad, una captación de las cosas... Usted va a pensar que estoy enamorándome de él y no es así. Hago un análisis objetivo basándome en lo que dice, en los progresos diarios, en su acumulación constante de información de todo tipo... Es increíble cómo asimila todo. En poco tiempo se aprendió casi de memoria los títulos de mi discoteca. Ahora está haciendo un nuevo orden basado en sus preferencias. Tiene a la Callas y a Regine Crespin junto a Miles Davis, Sade, The Cure... apartado «momentos especiales». En «mañaneros» ha puesto algunas sonatas de Chopin, la Sinéad O'Connor, la Fitzgerald cantando Cole Porter, toda la música New Age, las bandas sonoras de algunas pelícu-

las... Usa Carmina Burana *para hacer gimnasia y a Willy Deville, los Talking Heads o Ray Orbison cuando se está duchando para salir. Nunca escucha música popular española porque le trae recuerdos de la cárcel... También me hace el amor al ritmo de unos tambores africanos... un disco de música guineana que compré en París hace mil años...*

—*Enrique, por hoy hemos agotado nuestro tiempo.*

—*Desgraciadamente, mi dinero también se está agotando... ¿Puedo darle un talón?*

—*Preferiría que me pague en metal...*

—*¿En metal? Querrá decir en «vil metal», ¿verdad?*

Sábado por la mañana

Todo en él es excesivo: tras haber convertido el libro de Bradbury en una prolongación de sus manos y andar por la casa sin despegar los ojos de sus páginas durante dos días, volvió a dejarlo en un estante sin decir palabra. Cuando le pregunté qué le había parecido me contestó con un lacónico «de puta madre» y se tiró sobre el sofá boca arriba, con cara de presidiario.

«¿Te vas hoy?» De pronto, y como quien no quiere la cosa, comenzó a interrogarme sobre el viaje a Madrid. Había algo en el tono de su voz que me intranquilizaba lo suficiente como para que, en otro momento y con menos prisas, le hubiera prestado más atención. Insistió: «No entiendo qué necesidad tienes de hacer este viaje». «Una necesidad económica», dije, y seguí con mi traduc-

95

ción, suponiendo que la cosa no quedaría allí. Poco después, corroborando mis temores, me convertía en involuntario espectador de un espectáculo exhibicionista que pretendía sacarme de mi trabajo. «Se puede saber qué haces», le pregunté. «Meneármela», me contestó sin inmutarse.

—¿No podrías hacerlo en otro lado?

—Me gusta hacerlo aquí.

—Por favor, Juan Antonio, me distraes.

—Por favor, Enrique, házmela tú. Mira cómo la tengo...

—Siempre la tienes igual.

—Ven, sé buenito. Tengo que enseñarte algunas cosas...

—Te pido por favor que me dejes trabajar. Tendría que haber entregado esta traducción hace dos días. Si pierdo el trabajo nos moriremos de hambre.

—¡Venga ya!... Comienzan los reproches.

—No fue un reproche, yo...

Su jugada era evidente. No podía soportar que por primera vez yo me negara a secundarlo en sus jueguecitos. Para seguir con los estrenos, tuvimos nuestra primera discusión, especialmente dura y desagradable.

Y allí se fue, miembro en mano, a masturbarse en el cuarto, frente al espejo y con la luz encendida, de forma que Enrique no pudiera perderse el espectáculo. Este, decidido a no dejarse llevar por los caprichos del otro y menos aún por su propia calentura, se levantó para cerrar la puerta. Juan Antonio malentendió el movimiento: al ver que se acercaba, le sonrió por el espejo y, distraído, comenzó a bajarse los tejanos, dejando al descubierto sus firmes y contraídos muslos. Cuando al volverse, ya despojado de los pantalones, comprendió que estaba solo en la habitación cerrada, se dejó caer sobre la cama y volvió a rodear su rígido pene con la mano derecha, mientras la izquierda buscaba la bolsa de sus huevos y los acariciaba con tierna dedicación. El antebrazo vigoroso del tatuaje inglés subía y bajaba sin descanso en un ritmo agitado, logrando que el cuerpo desnudo se retorciera sobre la cama con la cara contraída por el dolor más que por el placer. Un momento después el glande había adquirido un morado color frutal que Juan Antonio parecía querer diluir a salivazos. Arqueándose, escupía sobre el pene enrojecido, y era tal el tamaño del miembro que casi rozaba sus labios. La mano, que antes se había entretenido con los magníficos cojones, trepaba ahora hasta su pecho y le acariciaba las tetillas, pareciendo poner en funcionamiento un oculto mecanismo de sonidos opacos, exclamaciones y jadeos. Toda la habitación se había impregnado de un olor entre animal y vegetal, absolutamente indescifrable, sensualmente provocador. Hubo un instante de quietud donde el silencio retornó de pronto, sorprendiendo al muchacho que, con las piernas abiertas y estiradas, cogía con ambas manos la verga en su apogeo, como queriendo tocar el techo con el glande que comenzaba en ese instante a descargar su jugo. Era espeso y blanquecino, y su cantidad tan importante, que amenazaba con inundar el cuarto. Terminada su ceremonia particular, el oficiante cogió la camisa que había dejado caer sobre la alfombra y se limpió con ella. Tenía los ojos lacrimosos y enrojecidos. Se pasó las manos por la cabeza alisándose el cabello y buscó en un cajón algo que ponerse, optando por una camiseta negra de amplitud exagerada. Volvió a mirarse al espejo, se calzó apresuradamente los pantalones y los zapatos y, sin detenerse demasiado en el arreglo, salió del cuarto cerrando la puerta con un golpe seco. Segundos después otro sonido similar, casi un eco del anterior, anunció su abandono de la casa.

Lamento que esto haya sucedido justamente hoy. Dentro de unas horas vendrá a buscarme Roberto. Se ha ofrecido para llevarme al Prat, con una gentileza que, sospecho, pretende borrar de mi memoria su paternalista actuación del otro día.

El edificio de la calle Madrazo, donde vive Roberto, es una sólida y armoniosa construcción de principios de siglo. Suelos de madera en todas las habitaciones y techos altos, para que los caireles de las barrocas lámparas de cristal no rocen siquiera las majestuosas cabezas de los moradores de la casa, ni, por supuesto, las no menos imponentes de sus invitados. Todo hace pensar que los cocktails, los saraos y los ágapes se suceden sin descanso y que son muchas las noches de fiesta que han visto estos muros de suaves colores pastel. Sin embargo, Juan Antonio será recibido privadamente, en una pequeña salita alfombra da y de paredes oscuras, tres de ellas con estanterías abarrotadas de objetos y libros. La cuarta, prácticamente cubierta de grabados antiguos representando pájaros y flores de color intenso y dibujo preciosista, permite sin embargo que se apoye en ella un suntuoso sofá de tres cuerpos, tapizado en ante negro. A su lado, la mesa Messidor sostiene una lámpara halógena de aluminio, una considerable cantidad de lujosos libros de arte y varios objetos de cristal opaco que cumplen funciones de cenicero. Sobre el conciso escritorio metálico, reciente premio de diseño industrial, se acumulan también libros y papeles, más otra cantidad notable de recipientes de cristal opaco que cumplen también funciones de cenicero. Dos pequeñas butacas *signée* Stark de un indescifrable color que podría ubicarse sin problema dentro de la gama de los grises pero también en la de los marrones, completan el mobiliario de la pequeña biblioteca personal del arquitecto y diseñador Roberto F.A.Z., inundada por una suave melodía de Fauré que parece brotar de las paredes. Roberto, vestido por Toni Miró, luce pantalón pinzado de lana fría en color azul medido, camisa de seda salvaje al tono y un foulard de Hermès (obsequio de los promotores de su última conferencia en la ciudad luz) puesto al descuido, pero perfectamente conjuntado con las prendas del diseñador catalán. Calza zapatos hechos a medida por un artesano de Amsterdam, su ciudad predilecta, mientras, de pie en medio de la habitación, esconde entre sus manos un vaso de whisky, el más caro del mercado. Al entrar Juan Antonio, pulsa un timbre que hay junto a la puerta y, aun antes de saludarlo, le pregunta qué quiere beber. El joven decide imitar al dueño de casa, sin saber

99

exactamente qué encontrará en su copa. Frente a la amable aunque distante invitación para tomar asiento, Juan Antonio se dispone a hacerlo en una de las butacas, pero Roberto insiste en que estará mejor y más relajado en el sofá. En el mismo instante entra una sirvienta casi octogenaria, arrastrando una mesa rodante cargada de botellas, vasos y cubos de hielo. Mientras el anfitrión sirve la copa ofrecida, pregunta a qué se debe la sorpresiva, aunque anunciada, presencia del visitante, a lo que éste responde que a nada en particular, salvo a la imperiosa necesidad de estar acompañado, ya que tuvo una discusión muy desagradable con Enrique y se siente deprimido. «El whisky te animará», dice el dueño de casa volviendo a llenar los vasos que ambos, distraídamente, han vaciado, mientras su mirada recorre el cuerpo del visitante, que se ha girado para observar con más comodidad los grabados que cuelgan de la pared y aparentemente no se entera de la inspección a la que, a su vez, está siendo sometido. Después de haber decidido que un tucán —sin duda alguna la más impactante de todas las láminas inglesas enmarcadas— sea el pájaro que lo acompañe en su soñado retiro junto al mar, Juan Antonio obedece la sugerencia de relajarse, ocupando para ello dos terceras partes del sofá. Al sentarse Roberto a su lado, sus piernas se tocan, sin que aparentemente ninguno de los dos se muestre molesto.

—Art erotique japonais.

El joven gallego lee, con perfecta pronunciación española, los caracteres negros de un grueso tomo encuadernado en rojo que corona la montaña de libros a su derecha, sobre la pequeña mesa de estilo francés. Atento a sus movimientos, el anfitrión lo invita a hojearlo, aclarando que no hay nada que pueda superar la delicada sensualidad de aquellas estampas orientales. A medida que pasa las páginas, el interés del muchacho va en aumento. Vuelve atrás, se detiene en los detalles, hace girar el libro en sus manos; todo con una absoluta y respetuosa seriedad. El prestigioso arquitecto que lo ha recibido en su casa, instándolo a beber, a relajarse y finalmente a hojear el grueso volumen, se interesa también por las imágenes y, terminado el whisky, decide dejar el vaso sobre la mesa, para lo cual pasa el brazo por detrás del atento mirón y, ya puestos, lo deja descansar sobre sus hombros. El visitante, inmerso en las detalladas posturas japonesas, en los ricos kimonos recamados, en los abultados labios que reciben descansadamente las gordas y cabezonas vergas, se muestra indiferente a la mano creadora del arquitecto que comienza a recorrer suavemente su espalda. La otra mano, que sin protagonismo alguno descansaba laxamente a un costado de su conocido dueño, comienza a despertar, seguramente conmovida por la actividad de la gemela simétrica, dirigiéndose resueltamente a la bragueta del visitante, que no ha mostrado signos notables de evolución hasta el momento. Bajar la cremallera y desprender el botón superior de un tejano son tareas que requieren extremada prudencia y fino tacto, dos rasgos distintivos de Roberto F.A.Z., diseñador de reconocido prestigio y sabias manos, quien, cambiando el sofá por la moqueta y el culo por las rodillas, se instala entre las piernas de la entretenida visita sin soltar en ningún momento el pequeño tirador que pende del cierre metálico de la bragueta. Como todo trabajo bien hecho tiene su justa recompensa: ¡aquí está el pajarito!, muerto pero evidente, mostrando un tamaño que anticipa los futuros hartazgos y colma la boca de Roberto, que, aún sin parecer hambriento, lo deglute. Sin prestar atención a aquello que pasa entre sus piernas, Juan Antonio sigue enfrascado en el estudio minucioso de las escenas orientales. Una mujer de sonrisa enigmática, puesta en cuclillas, es atravesada desde abajo por un miembro del tamaño de un brazo, mientras un segundo japonés tan bien armado como el anterior, enfila hacia el agujero del culo, dispuesto a no dejar afuera ni un milímetro de su contundente aparato. Mientras tanto, otro miembro, similar en proporciones al de la imagen, pero de carne y músculo, ha llegado, no sin esfuerzo, hasta lo más profundo de la garganta del arquitecto, quien, con los pendejos del invitado cosquilleándole la nariz, intenta saborear todo el conjunto, introduciendo en la boca ya colmada los dos huevos con su estuche. Absorto en la contemplación del trío de rasgados ojos y más que perversas costumbres, el ex presidiario, tan sensible siempre a los placeres de la carne, parece no darse cuenta de su orgasmo, que ha hecho corcovear a Roberto, atragantándolo. Como si nada hubiera pasado, Roberto Ferrán Aguirre Zapiola descarga el contenido de su boca en el pañuelo de cuello, usando una de las puntas para limpiarse los labios. Tras esto, y con un gesto de descuidada elegancia, pone el pañuelo francés convertido en costosa servilleta en un cajón del escritorio premiado. En ese momento y de espaldas al visitante, le pregunta a éste si ha pensado seriamente en la conveniencia de no seguir viviendo con Enrique, persona de humor demasiado variable y carácter extremadamente difícil. Por toda respuesta, Juan Antonio Campos le dice: «Jamás viviré contigo», luego de lo cual abandona la habitación con el grueso tomo de arte erótico japonés bajo el brazo.

Ha regresado antes de lo previsto. Inmerso en mi trabajo, no lo supe hasta que un grueso mamotreto de tapas rojas cubrió el original de la traducción que estaba sobre mi mesa. Bastante emocionado por lo que supuse era una manera encantadora de pedir disculpas, pero temiendo a la vez quedar como un tonto, le pregunté qué significaba aquello. Su respuesta no fue muy simpática. Desde el cuarto de baño donde se había encerrado y con una voz áspera de tono poco amistoso, me contestó que lo observara detenidamente, imagen por imagen, quizás así aprendería algo sobre sexo. Frente a un berrinche tan infantil sólo podía quedarme callado y hacer lo que mi curiosidad y él me pedían. *Art erotique japonais*. Un *leit motiv* de Roberto, un clásico que acostumbraba sacar a relucir cada vez que la sexualidad se convertía en tema de conversación y decidía eludir las anécdotas personales. Pasados unos minutos en los que el único sonido fue el de la ducha, un chistido hizo que me girara. Juan Antonio había preparado una aparición espectacular: recién bañado, con el cabello húmedo peinado hacia atrás, absolutamente desnudo, las piernas abiertas, los brazos cruzados sobre el pecho, la polla erguida y ¡los ojos pintados!, imitando sin demasiada habilidad los rasgados párpados de los orientales. Tendría que haberme reído. Ahora me arrepiento de mi dureza, de haber optado por una discutible responsabilidad frente a la diversión que él me ofrecía. Repetí que mi único deseo era trabajar en paz y que ya estaba bien de payasadas. Frases hechas, sin ningún sentido. Usaba desgraciados tópicos familiares para no dejarme llevar por las emociones que su imagen me había producido. Volvió a encerrarse, esta vez en el dormitorio. Minutos después y por segunda vez en el mismo día, salió de la casa sin despedirse. Muchas veces me pregunto si no sería preferible que desapareciera para siempre. Siempre me responde una angustiante y dolorosa sensación de ahogo.

Bigati se despereza. De buenas ganas se daría una ducha, pero lo asaltan las imágenes de un tipo delgado vestido de mujer con un cuchillo ensangrentado en la mano, de un cuerpo caído con los ojos fijos en la muerte, de un estrecho cuarto de baño con brillante alicatado blanco.

—¡Vaya estupidez! Esas son cosas de película...

Pero, pese a su exclamación tranquilizadora, decide olvidarse del baño y seguir leyendo las notas íntimas del archivador de Enrique Izabi, por lo menos hasta que se le ocurra qué hacer con el cadáver desvelado que espera bajo la cama.

¡Otra sorpresa! Acaba de telefonear Roberto: algo que comió le ha sentado fatal y no podrá llevarme al aeropuerto. Esperaba que volviera Juan Antonio para despedirme, pero ahora, si no salgo corriendo, perderé el avión. Creo que nada en el mundo me haría más feliz.

Acaba de llamar una tal Mercedes Arenque (?) preguntando por Juan Antonio. No quiero imaginarme el mal olor que tendrá la pobrecita con semejante apellido.

—Patricia, tengo que contarte algo sobre lo que me gustaría mucho que me aconsejaras. Es que estoy muy confusa, y cuando trato de aclararme me confundo todavía más. Siempre he creído que se puede pensar con dos órganos bien distintos: la cabeza o el corazón. En este caso no sé cuál me conviene usar, aunque a veces, te juro, parece que mis pensamientos surgieran de un tercero que tenía dormido. Ayer salí con Juan Antonio. Me había invitado el día anterior, cuando vino a por el pan. ¿Recuerdas que te dije que salía a comprar unos Tampax? No era verdad. Había quedado en encontrarlo en el barecito del chaflán para tomar un café, porque él quería decirme algo importante y en la panadería no podía. Fui temblando. Un poco porque no me gusta andar con mentiras, y menos contigo, que eres mi única amiga, pero también porque él me intimida... No sé si ésa es la palabra... Cuando lo vi la primera vez supe inmediatamente que me gustaba, y ahora cuando me habla y lo miro, no sé, me siento insegura, fea... sin saber qué decir

o diciendo tonterías. ¡Si hasta se me caen los panes de la mano! Creo que es el hombre de mi vida... No te rías, podrá parecer idiota, pero es así. ¿Qué me dijo en el bar? En realidad poca cosa: que yo le interesaba, que él no era como su primo, una persona culta y de muchas palabras, que más que nada a él le interesaba la acción y que por lo tanto quería llevarme al cine esa noche. Yo podía elegir la película, aunque él prefería que fuera una de Harrison Ford que daban en el Coliseo. Quedamos a las nueve en el bar del Vip's. Te prometo que estuve a punto de no ir, de tan nerviosa como estaba. Todo el día pensando que era una broma. Que llegaría allí y no estaría, o estaría con amigos y se burlarían de mí. Nunca me había pasado antes. No es que tenga mucha experiencia, pero alguna sí que tengo. Tampoco me considero un monstruo, más bien una chica normalilla con momentos resultones... Tú ya me conoces y sabes lo que pienso de mí, te lo he dicho más de una vez. En síntesis, que llegué diez minutos más tarde, de puro nerviosa, y allí estaba él en una mesa, recibiéndome con una gran sonrisa. Ni siquiera me preguntó por qué me había retrasado. Yo igual le pedí disculpas y le dije que había tenido un problema con el ascensor. Segunda mentira. Ahora me doy cuenta: me estoy convirtiendo en una mentirosa. Nunca más me creerás nada de lo que te cuente, pero te juro que todo esto es la más absoluta verdad. Sí, no te pongas nerviosa, ya sigo. Allí mismo, en medio de la gente, empezó a apretarme una pierna entre las suyas. Al principio creí que había sido involuntario y corrí mi silla hacia atrás, entonces me cogió las manos por encima de la mesa y mirándome fijamente con esos ojos tan bonitos que tiene, me preguntó si me daba asco que él me tocara. El corazón se me salía del pecho, pero preferí contestarle usando la cabeza. Le dije que no, que en absoluto, que seguramente había sido sólo un acto reflejo. Me pareció una contestación elegante. Creo que a él también, porque se quedó un rato callado, observándome. De pronto miró el reloj de oro que llevaba en la muñeca y dijo que si no nos dábamos prisa veríamos la película empezada, lo que sería una pena, porque se trataba de un filme de suspense, en el cual, con toda seguridad, los primeros minutos eran fundamentales. Fue un alivio porque yo estaba a punto de desmayarme. Me llevó de la mano hasta el cine, prácticamente corriendo. Apenas nos sentamos empezó la película. Él pasó un brazo por detrás de mi asiento y, acercándose, me dijo al oído que me tranquilizara. ¡Te imaginarás lo nerviosa que me puse! La cosa quedó igual hasta la escena de amor, que es bastante fuerte. Hasta ese momento los dos estábamos como al principio: él con su brazo rozando mis hombros, yo tensa y con las dos manitas recatadamente puestas sobre la falda. De pronto, y sin mediar palabra, me coge la mano más cercana a él, la izquierda, y la lleva hacia su entrepierna... Mira, Patricia, si prefieres que no siga me lo dices... No, de verdad, que lo que viene es muy fuerte, y yo, si te lo cuento, sólo te lo puedo contar de una manera: a lo bestia... Júrame que si te molesta me lo dirás... Es que tengo miedo de que pienses que soy una guarra... nunca antes hablé contigo de estas cosas y... ¡Bueno, mujer, no me grites, que más histérica estoy yo! Ya ni sé por dónde iba... Ah sí, que me llevó la mano a su entrepierna. Bueno, mientras lo hacía, me susurró al oído: «mira, yo también tengo actos reflejos». No podrás creerlo: lo que tenía era todo el paquete afuera, y allí, en medio de la sala. Saqué la mano, impresionada como si

107

me hubiera encontrado con algún bicho raro, mientras le preguntaba con un hilo de voz apenas audible si estaba loco. Me contestó que sí, que estaba loco por mí. Toda esta historia no me parece normal, pero yo soy tan anticuada que igual lo que se lleva ahora es esto. Estuvimos en absoluto silencio y sin movernos hasta que terminó la película, que por supuesto ni siquiera sé de qué va. Cuando salimos me miró a la cara y me preguntó si yo también pensaba que él se parecía a Harrison Ford, como una amiga suya del pueblo, que hasta lo llamaba así en la intimidad. Como que a él todo lo que había sucedido en el cine le parecía de lo más natural... Paró un taxi sin preguntarme nada y yo pensé que sería para llevarme hasta casa, pero a cambio de eso y sin dirigirme una mirada, dio una dirección que yo desconocía. «Mi primo no está», dijo como toda explicación, y añadió: «Pienso que es más agradable ir a casa que apiñarnos en un bar con toda la gente del sábado». Cuando íbamos en el taxi pasamos frente a la panadería y yo pensé en ti. Si hubieras estado cerca para darme algún consejo que me aclarara las ideas... A partir de allí me sumergí en un torbellino que me arrastró a... bueno, creo que a lo peor... Y es que no sé qué consecuencias puede tener todo esto para mí en el futuro.

»Patricia: tienes que prometerme que lo que te cuento quedará entre nosotras... Tampoco te pases. Ya es la segunda vez que me gritas. Es que te pones como una furia y yo nunca te había visto así... Síííí, ya continúo.

»Lo cierto es que subí a su casa. Tomamos whisky en cantidad mientras él me contaba algunas cosas de su vida y de su trabajo como modelo. Como yo demostré interés por saber qué tipo de publicidad hacía, me preguntó si me gustaría ver sus fotos y, sin darme tiempo a contestarle, sacó una carpeta bastante gruesa donde estaba escrito el nombre de Harry. Eran todos desnudos de Juan Antonio; algunos de perfil, con esa cosa adelante, enorme y dura. Yo no sabía qué cara poner mientras giraba las hojas, y de pronto me dice, así, fríamente: «ves, nena, todo eso puede ser tuyo esta misma noche». Pensé que estaba borracha o que tenía alucinaciones; que lo mejor era ir al cuarto de baño y mojarme un poco la cara con agua fría, a ver si se me pasaba. Pedí permiso para hacerlo y... ¿Que doy demasiados rodeos? Ya me gustaría verte a ti en mi situación. Bueno, está bien, ya sigo.

»Estaba inclinada sobre el lavabo, con los ojos cerrados y usando las dos manos para refrescarme con el agua del grifo. Trataba de no pensar en nada, cuando de pronto siento que algo me roza el trasero. Supuse, no sé cómo, que se trataba del gato que había visto por la casa. No le di importancia y seguí con mi tarea, hasta que empecé a notar que me levantaban la falda y un elemento extraño empezaba a abrirse camino entre mis muslos. Giré la cabeza y abrí los ojos, intentando, medio cegada por el agua, ver qué estaba pasando a mis espaldas. Detrás de mí y cubierto solamente con una bata toda abierta por delante, estaba Juan Antonio, de lo más contento y murmurando cosas por lo bajo. Algunas no se las entendí y otras eran del estilo de "Nenita, mira lo que te vas a comer" o "¿Crees que podrás con todo esto de una vez?". Yo estaba suficientemente mareada como para no poder responderle y él, muy despabilado, se aprovechó de mi parálisis para bajarme las bragas. Solo alcancé a decirle que me daba miedo, y entonces él contestó que no me preocupara y cogió del botiquín un *frasco de Nivea, untándose con ambas manos aquel descomunal instrumento. Yo seguía allí, de cara al espejo y cogiéndome al lavabo, como si éste fuera el salvavidas que pudiera rescatarme del naufragio moral. De pronto desapareció detrás de mí y empecé a sentir que su lengua jugaba con... toda mi parte trasera... y luego se metía entre los muslos buscando el coño, que yo tenía tan apretado como si me fuera a mear. Aun sin haber tenido muchas experiencias anteriores para comparar, te diría que es un maestro para hacerlo: yo perdí todas mis estrecheces y, cuando quise darme cuenta, tenía aquel pedazo de carne escondido en la cuevita y al Juan Antonio mordiéndome la espalda hasta hacerme gritar. No sé cómo lograba que aquel aparato tan grande y tan duro entrara y saliera de mi cosita sin romperla y dándome placer al mismo tiempo. En un momento se dio cuenta que yo había perdido por el camino hasta mi nombre y empezó a hacer variaciones que jamás pude imaginar. Quiso que me la metiera en la boca y me obligó a mirar la escena por el espejo, mientras me repetía que yo era la más perra que se había follado; luego me llevó al salón, y tirándome sobre una mesa camilla, trató de metérmela por atrás. Estuvimos forcejeando un buen rato. Cuando tuvo toda la cabeza adentro y yo chillaba como un puerco degollado, se corrió, llenándome el trasero con su semen abundante y espeso.*

»Pensé que eso sería el final, que podría irme rápidamente a casa, pero me di cuenta de inmediato de que aquel potro desenfrenado tenía más potencia acumulada: su instrumento no se había bajado ni un milímetro. Al contrario, parecía más duro que antes, y el subido enrojecimiento que mostraba, resaltando sobre la piel blanca de su dueño, lo hacía parecer más grande todavía. Se

subió sobre la mesita y, con los brazos en jarras, me pidió que se la limpiara con la lengua. Me sentía humillada. Era evidente que había decidido olvidarse de que estaba con una mujer decente para poder tratarme sin delicadezas, como a una puta de las Ramblas. Pero yo quería llegar hasta el final de aquel calvario, conocer hasta el límite su depravación y mi resistencia. Me acerqué a él y comencé a cumplir su pedido. Lo que había imaginado un asqueroso brebaje era en realidad un jarabe bastante apetecible, y, apretando los labios sobre esa fruta tan sabrosa, extraje hasta la última gota, lamentándome en secreto haber perdido el grueso entre mis nalgas. El, mientras tanto, me tenía cogida por las tetas y empujaba hacia adelante, tratando de metérmela hasta la garganta. Finalmente, supongo que consciente de mis limitaciones, bajó de la mesa y me tiró sobre la moqueta, abriéndome las piernas como si fuera a desmembrarme. Yo lo miraba hacer y, ¡te juro Patricia!, no podía creer que aquello me estuviera pasando a mí, de habitual tan tranquila y hogareña. La Mercedes Areque, yo misma, convertida en un objeto erótico y comiéndose ese bollito tan apetecible. Me tuvo un buen rato así, esperando, mientras parecía calcular dónde iba a asestar el golpe de gracia. Como un dentista, que espera que la anestesia haga efecto antes de empezar a escarbarte con el torno. Y ahora no te asustes porque viene lo más insólito: aunque no puedas creerlo, mi ansiedad se había desbocado de tal manera que fui yo quien se lo pidió a viva voz. Sí, me puse a gritar que la quería adentro, que por favor no se hiciera rogar más... ¿Te lo imaginas? Seguro que no, porque ni yo misma lo hubiera sospechado antes de encontrarme allí. No hizo oídos sordos a mis súplicas: sonrió como sólo él puede hacerlo y, sin mirar *siquiera el objetivo del brutal ataque, volvió a clavar su arpón hasta lo más profundo.*

> *Yo casi ni gritar podía*
> *en medio de todo ese brutal delirio*
> *y atravesada por tan grueso cirio*
> *tuve el primer orgasmo de mi vida.*

»Mucho más pendiente de mis deseos que yo misma, extrajo su verga, nuevamente a punto de descargar, haciéndolo en mi boca. Había descubierto que yo era una glotona sin remedio y que aquel néctar ambarino me parecía la más refinada de las golosinas.

»Y ahora yo te pregunto, Patricia, ¿todo esto me habrá cambiado para siempre? Darme cuenta de lo mucho que me gustó acostarme con él, ¿me convertirá en una puta?... ¡Eh, Patricia! ¿Te has quedado muda? ¿Qué te pasa?

Bigati cuelga el teléfono. De pronto, uniéndose al desagrado que le produce no encontrar a su amigo, vuelve a tener la incómoda sensación de no estar solo.

—Debe de ser ese maldito enano que tengo en el estómago...

Estaba claro que para sentirse mejor hubiera necesitado zamparse unas buenas lonchas de jamón serrano acompañadas por una cerveza irlandesa bien helada y también, por qué no, por unas suculentas rebanadas de pan tostado, con tomate y aceite de oliva, y unas aceitunas rellenas de anchoas, y un trozo calentito de tortilla de patatas, y...

—... y mejor seguir leyendo, Bigati, por lo menos hasta que Zascarreta sea localizable y pueda aconsejarte qué hacer con todo esto.

Vuelvo de Madrid bastante cansado y con el humor bajo de tono, pero al menos con un nuevo trabajo en carpeta. La casa está limpia, llena de flores, de música y hasta con la mesa puesta. *Pacheco,* para no ser menos, luce un collar nuevo de color blanco que le sienta muy bien. ¿Será un sueño? Juan Antonio, impecablemente vestido, sirve una comida que ha preparado con la receta de un suplemento dominical. Hay dos postres de sabores muy distintos. El primero lo comemos en silencio, sobre el mantel de los días de fiesta; el segundo me espera en la cama, sobre las sábanas algo descoloridas por el abuso de lejía. Una vez he acabado con la nata azucarada que mi sorprendente cocinero ha esparcido por los rincones más interesantes de su cuerpo, debo escuchar la confesión detallada de su encuentro sexual con la pequeña panadera de los ojos tristes. Me pregunta mi opinión al respecto. Afirmo, no sin cierta amargura, que aquella historia no me incumbe, que lo único que me interesa es sentir una polla en el culo. Me satisface durante varios interminables minutos frente al espejo del armario. No acabo de comprender la elasticidad de nuestras relaciones: puede metérmela mientras me la chupa e inclusive corrernos en esa posición.

He llamado a Roberto para interesarme por su salud. Dice encontrarse perfectamente bien, aunque un tanto preocupado: desde una visita de Juan Antonio de la que yo no tenía ni la más mínima información, ha desaparecido de su casa un libro que él «valora sobremanera». No hacía falta mucho más para saber de qué me estaba hablando, pero fingí una absoluta ignorancia, prometiendo ocuparme personalmente del asunto. Cuando lo hago, el más que presunto ladrón me mira a los ojos muy serio, diciendo algo equivalente a «él no preguntó si podía mamarme la polla; yo tampoco le pregunté si podía llevarme el libro. De cualquier manera los dos lo hicimos por la cara». Estoy absolutamente confundido. Según parece, lo que no es sano para mí es perfectamente potable para mis amigos. Roberto, te detesto.

No debo perdonarlo. Pertenece al mundo que quiero abandonar, y necesito la fuerza suficiente para poder llevar adelante un propósito que corresponde a mi más postergado deseo. Sólo del desprecio y el desamor puedo obtener esa fuerza. Cualquier idea piadosa me enterrará para siempre en esta situación agónica.

Roberto:
El poder de la forma es tan envilecedor que estuve a punto de poner en el encabezamiento un «querido». Nada hubiera estado tan alejado de mis verdaderos sentimientos, aunque también es verdad que en el absurdo mundo en el que tú y yo

nos movemos la gente dice querer las cosas más desagradables, las que más daño les producen. Quieren a esos padres que los han educado sin valentía, con la secreta esperanza de que nunca puedan superarlos; quieren a las costumbres que los narcotizan y al sedentarismo que los atrofia; quieren sus casas, esas herméticas cajas de seguridad que les permiten encerrarse en una mediocridad gozosa, rodeados de objetos que no los contradicen. También algunos, como tú, Roberto, dicen querer a las personas que los rodean: espectadores complacidos de sus posibles fracasos, detractores constantes de sus pequeños logros. Es casi imposible no amar lo que se nos parece, aunque por lo mismo, el sentimiento de horror sea más profundo.

Casi me parece verte mientras lees esta carta. Sentado en uno de tus medidos engendros —cierto indefinible mal gusto ha sido siempre el particular condimento de los auténticos creadores— y rodeado de un sinfín de utensilios que tienen la única utilidad de acreditarte como profesional de lo que eres. Vestido con un conjunto monocromo, exactamente idéntico a las docenas de conjuntos que pueblan tus armarios, y llevando en privado las gafas que todavía no te atreves a usar en público.

No espero que esta carta haga mella alguna en ti. Sería hacerte un regalo que no te mereces, una demostración de esperanzado cariño. Lo único que pretendo es sacarme de encima toda la basura que tú y los de tu raza han depositado sobre mí en estos años; devolverte las toneladas de falsos sentimientos, de vacuidad e hipocresía; tanto miserable pensamiento, rumiado a la sombra de esta supuesta amistad que sólo servía como aparcamiento momentáneo de tu eterno aburrimiento. Roberto: no creo que seas el peor, pero sí que eres emblemático.

Te he dedicado estos últimos minutos. Son demasiados. Ya que es imposible mandarte al lugar de donde provienes, hazme un favor: quédate en la mierda.

Sé que no vale la pena enviar esta carta, pero escribirla me ha servido de desahogo. Sin embargo, sigo sintiendo unas ganas casi incontrolables de matar.

He pedido a la doctora Lalangue una sesión suplementaria. Es algo más para sumar a la cuenta de Juan Antonio. Quizá deba comenzar a cobrarle los polvos que se echa conmigo.

—*Se acuesta con todo el mundo. ¡El muy hijo de puta! Y luego viene a contármelo con la excusa de que soy su único amigo. ¡No soy su amigo! ¡No quiero serlo! ¡Estoy harto de situaciones de mierda! Dice que estoy demasiado metido en mi trabajo, en mi mundo. Que no me interesa salir con él, que me avergüenzo... Idioteces. Él siempre tiene dinero... hace el puto, supongo. Aparece con relojes caros, con cadenas de oro... Pero a mí nadie me regala nada, nunca tuve esa suerte... Jamás fui tan sexy, ni tan audaz, ni tan amoral. ¡Es un hijo de puta! ¡Un psicópata! No entiendo qué logra haciéndome*

*la vida imposible... Un sádico. He metido un sádico en
mi casa... Un delincuente. Mis amigos me lo advirtieron.
Todo el mundo se dio cuenta, menos yo... ¡Mis amigos!
Los muy cabrones: esperando que me distrajera un momento para poder tirárselo. ¡Por una polla! He perdido a
todos mis amigos por culpa de una polla. Y se los ha
tirado a todos, estoy seguro, a todos. De alguno ya me
he enterado... ¡el muy asqueroso! Tan refinado, tan medido... ¡un vulgar chupapollas!, ¡una loca barata! Y luego
viene a casa haciéndose el santo... A decirme que está
muy preocupado por lo que pueda pasarme, que todos
ellos, «mis amigos», lo están. Al menos ahora me los he
sacado de encima... Siempre llenándome la casa de
humo, comiéndose todo lo que encontraban en la nevera... Vaciando todas las botellas, hasta las de deter-
gente. Por momentos les deseo lo peor... No, por favor,
¿qué estoy diciendo? No me reconozco. Es que estoy furioso, amargado. Me estoy desmoronando, quedándome
sin defensas. No sé siquiera dónde estoy parado... No
son celos, lo sé, nunca he sido una persona posesiva...
Pero no puedo soportar el engaño, la deslealtad... Si no
puedo confiar ni en los amigos... es casi como si no hubiera podido confiar en mis padres. Por otra parte,
tengo una necesidad de él que no puedo entender, que
supera lo sexual... No, eso no es verdad, no puedo ima-
ginármelo sin sexo. Tal vez lo mío sea sólo calentura...*
La primavera romana de la señorita Stone. *Me he convertido en un patético personaje de Tennessee Williams...
¿Sabe, doctora? Nunca se lo he dicho, pero a veces me
droga... Me droga para follarme. Por momentos tengo
miedos terribles, persecutorios... Se me da por pensar que
podría ser de alguna secta extraña... Algo así como Los
Adoradores de Lucifer... Pérfidos Maníacos Asociados...*

117

Hijos de la Luna Nueva... Y si no ¿cómo se entiende que
yo, que soy habitualmente tan precavido, haya dejado
entrar en mi casa a un tipo así?... Bueno, más que eso,
¿cómo tengo viviendo en casa a un delincuente, a una
persona desconocida? Le aseguro que sólo un profesio-
nal puede follar como él. No soy un bebé. Estoy harto
de acostarme con gente de todas las edades, de todos los
colores. Jóvenes y viejos, extranjeros, de todo... El ha
sido el único que ha logrado que pierda la cabeza... Sí,
lo sé, suena ridículo. A tardío y patético romance de sol-
terona... Quizá yo sea sólo eso: una solterona con envol-
tura masculina que, tardíamente, ha elegido convertirse
en maricón. El otro día logró que me desmayara... Aun-
que a las cinco de la mañana, sin comer, y con cuatro
porros encima, yo, que ni tabaco fumaba... Ya me dirá
quién aguanta. Se asustó mucho, sí, pero eso no le im-
pidió correrse, mientras gritaba como un endemoniado.
Después de aquello me juró que no volvería a traer más
droga a casa. Posiblemente esté loco. Un día vendrán
con una orden de detención y yo ya estaré muerto... Me
habrá matado en medio de una ceremonia esotérica, cla-
vándome la polla en el corazón...

»Es que si estas cosas no se las digo a usted, ¿me
quiere decir para qué vengo?

—...

—¿Se ha quedado dormida? No, ya veo que no. Esa
es otra de mis fantasías: ser un paciente tan aburrido
como para provocar profundos sopores en mi querida te-
rapeuta. Luego, para mantenerla despierta, necesitaría
inventarme traumas complicadísimos, personajes rebus-
cados, complejos increíbles, situaciones extrañas. Trata-
ría de cambiar de personalidad en cada sesión... min-
tiéndole, disfrazándome. Finalmente, y pese a todos mis

esfuerzos, usted me abandonaría a mi suerte, harta de babearse sobre el sillón. ¿Ya está mirando el reloj? Ahora me dirá: «Enrique, la sesión ha terminado», y yo, como un alumno disciplinado, me levantaré de este encantador diván, para irme arrastrando los pies, con la sensación de que todo lo que he dicho ha sido inútil, estúpido... una auténtica e irreparable pérdida de tiempo. Estoy invirtiendo en un negocio que no tiene futuro.

—¿Una inversión sin futuro? ¿Otra más, quizá? Parece vivir en un mundo donde lo que prima es la inversión... Un mundo de inversiones desafortunadas.

—Ya nos hemos ido del tema... Ni siquiera he podido contarle que ayer, por primera vez, me pagué un tío. Uno de esos que aparecen en La Vanguardia... *un taxi boy... un puto, como Juan Antonio... Aunque quizás éste sea más profesional. Saca un anuncio sencillo pero vendedor: Sergio, dos puntos, musculoso, veintidós años, veintitrés centímetros. Me costó un poco más que dos sesiones con usted, y debo reconocer que tampoco él habló demasiado...*

Lo tiene enfrente, sentado en una silla y con las piernas exageradamente abiertas. La posición se ve forzada, antinatural, como si subrayara la nula importancia del reposo, recalcando enfáticamente la prioritaria exhibición del pubis con toda su mercancía.

Hacia allí va, sin timidez ni tapujos, la mirada de Enrique. Suponía que los prolegómenos iban a ser más extendidos, pero pese a ello no deja de encontrar excitante la generosa naturaleza muerta presente ante sus ojos. El escroto —bolsa formada por la piel que

119

cubre los huevos de los mamíferos— deja traslucir un par de testículos —gónadas masculinas productoras de espermatozoide y testosterona—, que son, en este caso, de gran tamaño y descansan sobre el asiento —tapizado en un plástico gris que imita la piel de víbora— de la silla metálica. Fuera de ésta pende el pene en estado de total lasitud, con una largura y un grosor que incentivan la curiosidad del cliente, íntimamente dispuesto a conocer aquella máquina a pleno rendimiento, con todo su poderío y a la mayor brevedad posible. Aún antes de acercarse, Enrique puede sentir la suavidad rugosa de la piel y el olor dulzón que se desprende del glande desnudo casi en su totalidad, como si faltara cáscara para cubrir ese fruto de tallo tan espléndido. Acostumbrado a hablar frente al silencio, comienza a describir con lujo de detalle y entre signos de admiración exagerada, primero las características evidentes del producto, y luego todo lo que sería capaz de hacer con esa verga adormecida; a saber: pasear su lengua sobre ella, despaciosamente, con la misma pulcra precisión con que un ama de casa pasa la bayeta húmeda por los artefactos de la cocina; cómo investigará tiernamente el pequeño orificio que corona el glande, y, sin prisa alguna, se deslizará por los costados reconociendo venas y latidos hasta llegar a los huevos magníficos, y, casi tomándose un respiro, jugar con ellos uno a uno, envolviéndolos con su saliva; finalmente, permitirle que penetre poco a poco, aseada y todavía laxa, en su boca, que, hecha agua frente a un manjar tan delicioso, la recibirá feliz, sintiendo cómo crece dentro y gana suavemente terreno hacia la garganta; cómo al instante, en un juego inocente, la arrojará otra vez fuera, para que el miembro enardocido trate de meterse, luchando por llegar en un solo movimiento a lo más profundo.

Al ver que su discurso no logra el efecto perseguido y la verga, sorda a sus palabras, sigue aletargada, Enrique se tira al suelo y pasa sus piernas desnudas por entre las frías patas de la silla, cogiendo con fuerza los muslos tensos del macho que hasta ese momento lo miraba con una sonrisa socarrona, incrédula, y, llenándose la boca de forma y de sustancia al mismo tiempo, comienza a llevar a cabo lo prometido, comprobando cuánto le gusta hacerlo y también de qué manera: prenderse a ese trozo cálido de carne con desesperada concentración, como si estuviera al borde de un abismo y de la fuerza de sus labios dependiera el resto de su vida; lamerlo, chuparlo, succionarlo, gastarlo con la lengua, la boca, la garganta; hundir la nariz entre los crispados pelos de la entrepierna, gustando esos olores desconocidos que, sin embargo, reviven siempre el recuerdo de sus primeros encuentros sexuales. Está convencido de que más tarde o más temprano el otro querrá darle la vuelta, hincarle el terrible miembro entre las nalgas, metérselo en el culo. Por eso tal vez lo humedece con dulzura, preparándose para el brutal impacto. Como si fuera el sacerdote de un culto primitivo, un antiguo orante frente a la presa en sacrificio, la cubre casi totalmente con sus manos dejando asomar solamente la cabeza perfecta, deteniéndose apenas un instante en la contemplación extasiada de aquella valiosa pieza. Luego, pasa sobre el glande suave como la piel de una ciruela, sus labios humedecidos, en un roce prácticamente imperceptible que provoca al animal cautivo, logrando que se erice, respingue, amenace con arrojar su contenido. Enrique detiene allí su acción y se separa, mirando con morboso detenimiento al hombre que tiene enfrente: desnudo, la cabeza caída hacia atrás, oculta ante sus ojos la cara que él intuye desarbolada de placer, los brazos pendiendo del respaldo de la silla como una chaqueta abandonada. Solamente los pies y el miembro encabritado se perciben vivos en ese cuerpo, tan blanco como el despojo de un naufragio...

El cliente primerizo se pone de rodillas, tira el torso hacia adelante y, apoyándose en las palmas de las manos, acerca la cabeza a unos escasos milímetros del miembro erguido. Exhalando aliento, como si su intención fuera la de calentar a un cachorro abandonado, va con la boca abierta desde el glande hasta el escroto, manipulando el deseo casi incontenible de comérselo todo de un mordisco, gozando con la represión momentánea que se inflige. El cuerpo abandonado comienza a reaccionar: alguna contracción prácticamente imperceptible, un ligero movimiento de las manos, la respiración más agitada. De pronto, repentinamente repuesto del ahogo, el pálido náufrago despierta, poniéndose de pie; imponente frente al cliente que permanece arrodillado con la testuz a la altura de los erguidos muslos, los cabellos rozando el pene que podría imaginarse dolorido por su misma rigidez. Cogiendo con las manos la cabeza obediente, el hombre de pie esconde entre la espesa cabellera los diecinueve centímetros de miembro sonrojado —tal vez por la mentira ahora evidente: el anuncio prometía una mayor medida— y hundiendo la nariz del otro entre sus huevos, le restriega, con contenida violencia, el ruboroso aparato por el cuello, las mejillas y las cercanías de la boca, que, ansiosa, trata de apresarlo sin éxito.

Enrique, sumiso practicante, se queja, ruge, vuelve a declamar obscenidades, pide piedad, ruega que le concedan el permiso necesario para devorar aquel banquete esquivo que tanto le apetece. El señor de pie, absolutamente convencido de su situación privilegiada, se monta a la espalda del devoto para, siguiendo con el refinado suplicio del roce, comenzar un recorrido exhaustivo y lento por la columna vertebral hasta llegar al ano, que, decidido también a jugar el juego de ofrecer y no dar, se abre y se cierra caprichoso ante la carne intrusa. Esta, sin embargo, tiene muy claro el destino final de su paseo y, hábilmente lubricada con saliva, no cejará en su empeño de encontrar cobijo, aunque para ello deba vencer resistencias aparentes y hacer oídos sordos a los chillidos y súplicas del indeciso cliente, que ahora teme lo que hasta hace unos segundos más deseaba.

Poco después, el hombre pálido se separa y salta de la cama, mientras Enrique baja las piernas lentamente.

—¿Qué pasa? No te has corrido...

—No entra en la tarifa que pagaste. Si quieres ducharte, el cuarto de baño está allí, a la izquierda.

Manuel Bigati se queda un largo rato con el sobre cerca de la nariz. Estaba en el archivador, mezclado con las notas de Enrique Izabi, y hasta que no dio con él, había estado preguntándose de dónde se desprendía aquel olor tan penetrante.

—Bonita fragancia. Algún perfume de mujer, seguramente. Aunque en esta casa todo es tan anormal que ese tipo de seguridades brillan por su ausencia.

Mientras trata de reconocer el sexo de la empalagosa mixtura, Bigati imagina a su mujer esperándolo en la casa, de pie junto a la cama y sólo cubierta por ese perfume que supone muy caro. Imprevistamente, un molesto cosquilleo en las fosas nasales lo obliga a estornudar, doblándolo en dos sobre la silla.

—¡Me cachis! A ver si encima soy alérgico...

De pronto, lo que antes le pareciera un inocente sobre perfumado, se transforma en una trampa letal, hábilmente enmascarada. Vuelve a observar la carta, esta vez con mayor atención, y, alejándola aprensivamente de su cara, lee en voz alta:

—«Para Juan Antonio.»

Al abrirlo se encuentra con varias notas manuscritas por Mercedes Areque, todas ellas impregnadas por la fragancia que, a partir de los estornudos, el curioso y voluble señor Bigati supone emponzoñada.

Juan Antonio:
Perdona el atrevimiento que me tomo. He dudado mucho antes de dar este paso. Tal vez sea una provinciana tonta, pero tampoco tú eres un chico de ciudad y sabrás comprenderme, así lo espero. He intentado varias veces comunicarme contigo. Siempre atiende el teléfono tu primo. Como pasaba por aquí me pareció que era mejor dejarte estas líneas por si acaso se olvidaban de darte los mensajes. ¿Podrás llamarme lo antes posible? Tengo algunas cosas que contarte. Merche.

—La Merche me tiene preocupada. Ella dirá que está bien, pero yo le veo una cara de infeliz... Apenas tiene un momento libre se pone a escribir cositas en un cuaderno y cuando le pregunto qué hace me dice: «poemas», sin darme más explicaciones. Yo casi la doblo en edad y a mí no me engaña. Está triste. La otra noche hubo una fiesta del merengue en el Cumbiamba II y no quiso venir. Yo pensé que iba a salir con el muchacho ese que la tiene loca, pero cuando se lo pregunté me contestó que no, que no habían quedado en nada, pero que igual él llamaba por teléfono y ella quería que la encontrara en casa. Ahí me calenté. Es una buena piba y creo que el pendejo ese se la está jugando. Me dirás que soy una metida, pero yo la agarré a la salida y le dije que no la veía nada bien, y que la catalana la estaba criticando delante de la clientela y hasta había amenazado con echarla, y que a mí me tenía que dar bola porque casi podía ser su madre... Bueno, por la edad no, pero igual hay mujeres que tienen hijos antes de dejar las muñecas, ¿viste? A todo esto, ¿qué creés que me contestó la Merche? Me salió con un viernes siete... ¿domingo? Bué, da lo mismo. ¿En dónde estaba? Ah, sí, que yo le había dicho que podía ser su madre... Mirándome muy seria, me dijo: «pero no lo eres» y se dio media vuelta, muy oronda, y se fue. ¿A vos te parece que yo merezco que me haga esto? Ese tipo le va a cagar la vida, acordate lo que te digo. Y es una pena, porque la Merche es una mina de puta madre, una artista, ¿vos viste cómo dibuja? Una vez, así por joder, me hizo un retrato en una servilleta... lo tengo enmarcado y todo. Yo creo que ese

*tipo es un aprovechado... un yigoló de décima... un ma-
carra. ¡Qué querés que te diga! A mí los que llevan tatuajes no me gustan. Parecen presidiarios.*

Harry/Juan Antonio:
    Me hubiera gustado ponerte querido, pero como
no sé si estas notas las lee otra persona no me he
atrevido a hacerlo. Espero que al menos las reci-
bas. También espero que cuando ésta llegue a tus
manos estés tan bien de salud como cuando te vi
por última vez en el hotel de la calle Mallorca.
Nunca me sentí tan feliz como aquella tarde contigo, en esa habitación anónima, igual a tantas
quizá, pero única para mí, porque en ese anónimo
cuarto de hotel tú me enseñaste a ser mujer con
todo lo maravilloso que encierra esa palabra. No
fue la primera vez (tú bien lo sabes) aunque sí la
que me permitió vencer estúpidos prejuicios socia-
les y absurdos temores atávicos, confundiéndome
contigo en un abrazo que echó abajo las murallas
de incomprensión que nos separaban. Desde ese
día pienso en ti a cada momento; tanto, que a veces pierdo la cabeza y temo que cuando vuelvas a
la panadería ya no me encuentres trabajando en
ella. Tu primo me ha dicho que tuviste que mar-
charte precipitadamente por asuntos familiares y no
habías podido despedirte de mí. No quiero que te
inquietes por un olvido comprensible, uniendo a
tus muchas preocupaciones habituales la sombra de
una culpa. Yo estoy muy bien y puedo aguardar tu
regreso. Tengo tantas cosas para hacer por mi fu-

126

turo que no creo que me sobre el tiempo para pensar en tonterías. Leí el libro de Bradbury que me prestaste y especialmente ese cuento bellísimo que tanto te gustó. Es muy profundo, y me parece que tenías razón con lo de mi constante e incomprensible tristeza. Como el personaje femenino de la narración, yo necesitaba urgente remedio para mi melancolía, pero creo que tú la has curado para siempre. Adjunto mi dirección para que vengas a verme apenas regreses.

Mi estimado Doctor, un beso muy grande de una paciente agradecida

Merche

Harry:
Este dibujo lo hice pensando en ti. Tuve un sueño muy raro donde estábamos juntos en casa de mis padres. Ellos se habían ido a vivir a otro país y desde allí me escribían cartas larguísimas en un idioma que yo no entendía pero que era muy bonito de ver. Usaban papeles de colores muy vivos como el amarillo, el azul cobalto, el bermellón y el turquesa, y yo los colgaba por toda la casa como adorno e inclusive comenzaba a fabricar una manta con ellos. Tú estabas desnudo y el tatuaje de la espalda, el águila aquella, movía las alas como si fuera a echarse a volar. Yo me había dejado el pelo muy largo, hasta la cintura, y llevaba flores en el cuello y los tobillos y cocinaba comida exótica mientras tú plantabas jazmines y limoneros en el jardín. En la casa de mis padres no hay jar-

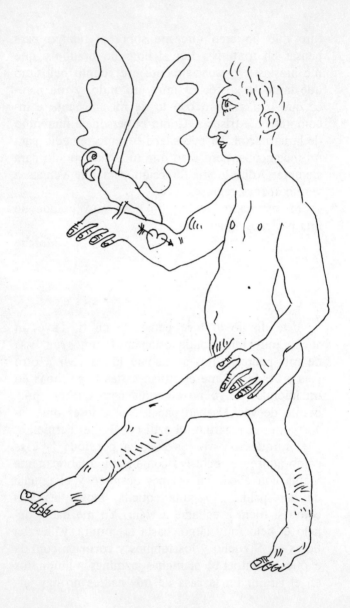

dín, pero ya se sabe que los sueños, sueños son, y eso no quita que algún día puedan hacerse realidad. ¿Verdad que apenas llegues te comunicarás conmigo? El sueño era mucho más largo, pero lo que sigue no lo puedo contar por carta, aunque te lo imaginarás. Quería decirte que tu primo es muy simpático y agradable y no se molesta porque siempre estoy preguntándole por ti. Inclusive un día me invitó con un café y charlamos de arte y de otras cosas. El también te quiere mucho. ¿Recuerdas que me prometiste una foto? Enrique me la dio, haciéndome jurar que si te enfadabas se la devolvería lo antes posible. No es tan audaz como las que me mostraste en tu casa, pero lo prefiero, porque ésta podré enseñársela a mis amigas. Si no fuera por esa mesita tan moderna, podría ser la estampa de un dios griego. A veces quisiera que nadie más que yo pudiera verte así. Te espero.

Mercedes

Bigati se queda largo rato mirando con expresión de entendido el retrato que ha encontrado entre los papeles de Enrique. Acerca y aleja el dibujo, mientras se mece distraídamente en la butaca de resorte que, con cada uno de sus movimientos, produce un sonido similar al seco chasquido de un látigo.

—No está mal, si dejamos de lado que el parecido es inexistente, las piernas le han salido cortas y el loro bien podría ser una gallina. ¡Joder! El arte me produce hambre. Mejor vuelvo a la lectura.

Después de hacer a un lado el dibujo, molesto

porque no encaja en ninguno de los apartados anteriores, Bigati echa una rápida ojeada a su alrededor y otra a la caja de galletas, hasta que al fin decide devolver a su antiguo sitio el sobre ahora vacío y leer la siguiente nota del archivador. Comienza en voz alta, como si de esa manera alejara de sí las ideas extrañas, pero su voz le suena a eco en el silencio del apartamento ajeno.

Encuentro sobre mi mesa el argumento de la primera película de Juan Antonio. ¿Qué puedo decir? ¿Qué puedo decirle? Se supone que somos amigos. Cumplo con la obligación de preguntarle si está seguro de lo que va a hacer y recomendar cuidados muy precisos, sobre todo sanitarios. Todo esto me hace sentir por momentos como «la madre de la artista». Los ¡¡ensayos!! empezarán esta semana. Como no puedo ofrecer nada mejor, preparo una mayonesa, un poco de arroz, abro una lata de atún y me quedo sentado junto a él, mirándolo comer. Tengo una desagradable sensación en el estómago, la misma que sentí cuando me avisaron que Massimo, Daniel, Mario, habían muerto.

ADIVINA QUIEN VIENE A FOLLAR ESTA NOCHE

con **Harrison Jaguar,**
Chus Chacon,
Beba Layetana, Pablo Matas y otros
Guión y dirección:
Steban Ford Meadows
Duración aproximada: 80 minutos

La acción se desarrolla a principios de este siglo. Billy el Niño *(Harrison Jaguar)* es un ladrón de guante blanco acostumbrado a darse la gran vida. Posee en la Costa Azul un palacio de 20 habitaciones y en cada una de ellas espera una belleza diferente dispuesta a saciar sus inagotables ansias sexuales. En el cuarto circular una recia torera española *(Chus Chacón)*, envuelta solamente en su capote, le hará conocer la dureza del ruedo, pero terminará atravesada por el grueso y duro pitón de este toro ladronzuelo. Pasaremos por la habitación *chinoise*, donde dos bellas orientales de refinadas maneras se lo montan en grande con la tortilla francesa, aunque sin hacerle ascos al butifarrón de Billy. Un largo pasillo decorado con imágenes sexuales extraídas de los cuentos de *Las mil y una noches* nos llevará al cuarto de La Bella Objeto, una autómata capaz de complacer al más perverso con aberraciones inimaginables. En la Cámara de los Errores nada es lo que parece: bajo un varonil uniforme militar puede hallarse una bella jovencita con un conejo tragoncete y un par de tetas de campeonato, y, por el contrario, los hábitos monjiles pueden esconder a un exuberante hermafrodita (Beba Layetana) con un rabo descomu-

131

nal pero pronunciada vocación de lactante, bien satisfecha por el nutrido biberón del dueño de la casa. Este, por supuesto, es un buen anfitrión y todavía le sobran fuerzas como para introducirnos en la Sala Romana, donde nos espera una bacanal a la antigua usanza. A los postres, Billy el Niño deberá «medirse» con un gladiador romano «armado» hasta los dientes. En la contienda sólo saldrá victoriosa la bella mujer del César, que luego de ser traspasada al mismo tiempo por las dos majestuosas armas de los luchadores, logrará que éstas se retiren cabizbajas en medio del fragor de la batalla. Como nuestro simpático ladrón es un refinado gustador de todos los placeres mundanos, iremos con él hasta el Cuarto de los Mirones, donde, acercándonos silenciosamente al ojo de la cerradura, podremos ver cómo un severo sacerdote cincuentón con la sotana arremangada hasta la cintura, usa su aparato (del tamaño de un candelabro de iglesia) para hacer entrar en razones a su indisciplinado discípulo, un rubio jovenzuelo de ojos claros e increíble capacidad para tragarse sin chistar «los consejos» que el tutor le dispensa. En el mismo instante en que nuestro inagotable anfitrión (incapaz de presenciar aquel espectáculo altamente educativo sin meneársela) está descargando sobre una maravillosa alfombra oriental, entran en el lugar dos guardias dispuestos a detenerlo. La policía francesa ha descubierto finalmente sus verdaderas actividades y Billy el Niño irá a parar con sus huesos (y todo lo demás) a la cárcel más sórdida del imperio. Despojado de sus ropas, pero no de sus atributos, se encontrará de golpe en una celda mínima rodeado de hombres brutales ansiosos por saborear carne fresca.

PROXIMAMENTE EN CATALOGO:
ADIVINA QUIEN
VIENE A FOLLAR ESTA NOCHE II

—Eulalia, por favor, arregla el florero que está sobre la mesa de luz. Más atrás, querida, un poco más atrás. Así. El otro día tuve que cortar una escena porque los gladiolos me tapaban la cara de Chus. ¿Están listos? ¡Albert, hombre! Por lo menos podrías haber puesto un ikebana. Esto de chino no tiene absolutamente nada. ¿No sabes lo que es un ikebana? Unas ramas secas, unas flores... yo qué sé. Mete el mantón de Manila... más abierto... no, allí no. Detrás de la cama... Con un poco más de gracia, chaval... Venga, ya está. Chicas: más exagerado el rabito del ojo. ¿Ha llegado el Harry? ¡Mierda! ¡Ese chaval ni es profesional ni es nada! Vamos a hacer la escena de las chinas, y si llega, bien, me avisas... Chuli, ese morado que tienes en la pierna es asqueroso... parece de película sado. Déjate las medias. No, tú no. Veamos. Ya sabéis de qué va: sois dos bolleras chinas o algo así, y os estáis metiendo mano todo el rato... Primero de pie... No, no hay mucho espacio... Corre la cama, Albert... luego la volvemos a su sitio. ¡Podríais pasar el cepillo, joder! Sois más guarros... Fina, tú eres la mas pasiva... te dejas hacer... No te costará nada, querida, pero a ver si me haces más caritas. Menos jadeos y más caritas. Aquí de sonido directo nada, así que no gastéis saliva. No, quiero decir en palabras... El sonido lo ponemos después la Eulalia y yo... ¿verdad?, Lali. Ponte allí, sí, allí... manda la luz, Albert, así... tócate una teta... ¡no mires a la cámara!, cierra los ojos, mejor, así, quítate el sostén... Ahora entra Chuli y se va directa al coño... Tú sigues en lo tuyo hasta que yo diga que abras los ojos. Si queréis filmamos directamente. A mí me da igual... Es más espontáneo... ¿Sí? ¿Os atrevéis? Venga, Albert, cámara. No, todavía no. Ahora. Eso, Fina, así... desprende el sostén... despacio...

133

quita sólo la mitad... así... el pezón, tócate el pezón, muy bien, no pares... eso... ahora te quitas todo... tienes unas tetas magníficas, estás orgullosa de tus tetas... eso, en redondo, así, una contra otra, como la Isabel Sarli, ¿recuerdas? Baja al coño, querida, ¡no!, sin quitar las bragas, por el costado... mueve el dedito, nena... eso, el coño hacia adelante, prepárate a entrar Chuli... tú en lo tuyo, Fina... Mmmmmm, te gusta tocarte el clítoris, ¡muéstrate más guarra!, venga... así... ahora entras tú, Chuli... no te preocupes, estamos en un primer plano de la cara, cuando diga ya, tú comienzas a bajarle las bragas y a comerle el conejo... ahora, ¡ya!, despacio, muy despacio, muestra la lengua, muestra lo larga que es tu lengua... a la cámara, muévela... así... ¡vaya lengua tienes, Chuli! Ahora comienzas a lamerle el coño... ábrete de piernas, Fina, mostrando el conejo a la cámara... eso, cógele la cabeza, no, así no... tapas la cámara... No importa, seguid que va muy bien... toda la lengüita adentro... Ojo que estamos en plano general, recuerda las caritas de placer, Fina, más y más placer, te encanta que te coman el coñito, no lo olvides... bien... ábrele los labios Chuli, cómele el conejo, venga, mira qué conejito más tierno... ¿Dónde carajos habéis puesto la vaselina? Chuli, te la acerco a la pierna derecha... está abierta... tú metes los dedos adentro... no escatimes... y vas hacia el agujero del culo... Empieza con uno, ¡qué pasa ahora! Corta, Albert... ¿se puede saber qué mierda te pasa, Fina? ¡Me vas a decir que nunca te han metido los dedos en el culo! Bueno, te creo, pero siempre hay una primera vez... y Chuli es una experta... Que no... que no te dolerá, te lo prometo. ¿Verdad que no le dolerá, Chuli? Ves, Chuli lo hará de manera que no te duela, querida... Hay tías que se meten un brazo entero... ¡y tíos! ¿Que tienes *miedo de cagarte encima? Ve al lavabo ya mismo, mujer, te esperamos. Mira que venir al set con ganas de cagar... ¡qué falta de profesionalidad más absoluta!*

Bigati se levanta y va hacia las cintas de vídeo. Tras unos minutos de búsqueda, decide que la del llamativo avance publicitario no está en aquel estante. Es más, no le parece que ninguna de las cintas que pasaron por su registro anterior sea pornográfica, frente a lo cual, y desilusionado por completo, vuelve a su mesa de lectura con la secreta intención de ver más tarde, si le queda tiempo, la única de las películas que llama mínimamente su atención: *Sola ante el peligro.* Por el título parece una típica producción del Oeste, pero, pese a su particular afición al género, nunca había oído hablar de ella antes. Tampoco de la actriz que la interpreta, una tal Vanessa Lynch.

Sábado 3, 18 horas

Regreso a casa y encuentro a Juan Antonio desnudo sobre la alfombra del salón, rodeado de mis discos de ópera y con Joan Sutherland cantando un aria de la Lakme de Delibes a todo volumen. Le pregunto con cierta estúpida ironía desde cuándo es amante de la ópera y me responde con concisa precisión: «Desde esta mañana».

135

Tendré que recibir a Merche, la panadera. Durante todo este tiempo ha dejado innumerables mensajes en el contestador. Pretende comunicarse con Juan Antonio. El se niega a atenderla, convencido de que lo único que quiere es liarlo. Cuando se presente aquí seré yo el que tendrá que dar la cara, recitando la historia urdida por Juan Antonio para que Mercedes desista de sus aparentes propósitos matrimoniales. Si bien al principio me había negado rotundamente a llevar adelante una tarea tan penosa, Juan Antonio se ocupó de hacerme cambiar de opinión usando todo tipo de argumentos, incluidos los más gratificantes.

Recibo una llamada de Colores, «La Colores», otro antiguo compañero de vicios y bares trasnochados, como Leandro. Este le ha contado entre lágrimas:

1) que yo le había quitado el gran amor de su vida;

2) que sin Juan Antonio a su lado, vivir se le antoja un sinsentido;

3) que había decidido suicidarse, previo asesinato de los dos traidores.

Otro que confunde los polvos con las témporas, aunque quizá con la razón que le otorgan varios meses de celda y aislamiento. Tuve que tranquilizar a la Colores diciéndole que no creía que Leandro fuera capaz de llevar a cabo su venganza; que apenas saliera de la cárcel olvidaría toda esa sangrienta historia cupletera y se dedicaría a su tarea preferida: la recolección callejera de chulos, macarras y gigolós; que yo estaba tranquilo porque había cambiado de vida, no frecuentaba los lugares habituales y posiblemente iniciara en los próximos días un largo viaje que venía proyectando desde tiempo atrás; que de Juan Antonio no tenía más noticias y si deseaba alguna información sobre el susodicho debía dirigirse al Paco del Anfora, su representante artístico. Colgué convencido de haber logrado, entre mentiras y verdades, que mi informante aligerara sus temores, pero también de que una nueva inquietud se sentaba desde aquel momento en el salón de mi casa, junto a *Pacheco* y los numerosos y variados fantasmas cotidianos.

—*Si los gatos habláramos, seguramente no seríamos tan mimados por algunos humanos. Ellos están convencidos de que sólo tenemos instinto y, según el diccionario de mi tutor o encargado, eso es una tendencia innata a realizar ciertas acciones orientadas a un fin, sin previo conocimiento del susodicho fin. Si esto os suena peyorativo, oíd lo que sigue: toda actividad que entra en juego espontáneamente, sin reflexión, experiencia o educación. ¿Qué tal? Si yo opinara esto de alguien o algo, no admitiría su entrada en mi hogar. Lo de la espontaneidad podría colar, aunque la veo como una virtud más propia de los perros o los pájaros, por poner un ejemplo, pero, si no reflexionamos, ¿por qué insistimos en convivir con seres que se empeñan en hacernos depositarios de sus neurosis, nos castigan sin motivo aparente, nos humillan* dándonos de comer la basura que no le ofrecerían a sus peores enemigos y, para más inri, proclaman a medio mundo que son nuestros humildes esclavos sólo por amor, aunque no sirvamos para nada? ¿No será porque hemos comprendido que peor que todo eso es la soledad de la inmensa urbe, más allá de la puerta? Preferiría no extenderme, porque si algo amamos los felinos, eso es la síntesis, lo que nos permite maullar únicamente cuando es necesario y arañar sólo para defendernos. Sí, ya lo sé, podréis poner ejemplos en contrario, pero chalados hay en todas las congregaciones y yo al menos no conozco gatos que se armen hasta los dientes para matar a congéneres indefensos en la puerta de los supermercados. Retomando el asunto que nos interesaba: ¿qué experiencia tendría una persona que, como la mayoría de los felinos caseros, estuviera condenada a no salir de un piso desde que nace hasta que muere? Si no somos educados, ¿por qué no meamos sobre las mesas y hacemos caca sobre los zapatos de las visitas? Me contestaréis que lo hemos aprendido a fuerza de golpes y reprimendas, ¿y vuestros hijos qué? De cualquier manera nunca decimos palabra y quizá sea una elección acertada. Nos salvamos de horrorosas persecuciones, posiblemente peores que las que hemos conocido hasta hoy, y de todas las pesadas variaciones de la tortura: dar explicaciones de nuestros actos, pedir perdón por hacer lo que nos causa placer, ser entrevistados por las revistas del corazón, y asistir a mesas redondas de televisión junto a una folclórica evasora de impuestos, algún premio Nobel de torva mirada y el último filósofo de la posmodernidad. Pero callar no significa estar ciego, y como somos silenciosos y la ubicuidad es uno de los cuantiosos dones que poseemos, hay pocas cosas que se nos escapen. Por *ejemplo: en esta casa no han abundado las mujeres. Durante una corta temporada nos visitó una antipática señora que lo fregaba todo con lejía aduciendo que el olor a gato era insoportable. Tuve que romper una rebuscada lámpara Art Nouveau para que el Señor de la Casa, convencido de que ella había sido la culpable, decidiera prescindir de sus servicios. Para mi descargo debo decir que odio los detergentes y soy particularmente alérgico a los hipocloritos, por lo que para mí era una cuestión de vida o muerte y no podía detenerme ante una remilgada fraulein de porcelana rodeada por un sinfín de ridículos arabescos dorados. Otras figuras femeninas pasaron por la casa, siempre en raudas y fugaces apariciones y dejando tras de sí aromas penetrantes en pequeños pañuelos olvidados, pero ninguna de ellas tuvo con el Amo otro acercamiento que no fuera el puramente amistoso y, sobre todo, no tuve constancia de que jamás alguna hubiera atravesado la puerta del dormitorio. Sin embargo sí supe, y desde el primer momento, que la aparición de ese jovencito tatuado cambiaría nuestras vidas en más de un sentido. Con Enrique, mi Amo y Señor, siempre tuvimos una relación cordial y afectiva, aunque las caricias no hayan sido nuestro fuerte. Nos gustaba sentirnos cerca uno del otro, disfrutando de la música, y, aunque yo no comparto su pasión por las imágenes televisivas, no me negaba a acompañarlo, de espaldas al aparato, mientras él engullía con los ojos cuanto le ofrecía la ruidosa pantalla puntillista. Juan Antonio revolucionó nuestras costumbres. Desde que vive en esta casa más de una vez las puertas se han cerrado tras ellos y yo me he quedado sin ver qué pasaba dentro de las habitaciones. Como tonto no soy, mi capacidad auditiva está muy desarrollada, y ellos no se cortan nada, he podido oír sus encuentros como si de retransmisiones en directo se tratara. Conozco desde el primer día las aficiones sexuales del señor Enrique y por tanto los juegos con el huésped no me asombraron en absoluto, pero ver de pronto en sus brazos a una mujer de dulces perfumes, trajo a mi memoria volutas hechas añicos, escobazos y lejías. No la conocía, aunque estaba seguro de haber oído su voz amplificada por la casa en varias ocasiones, siempre en mensajes de búsqueda angustiosa. Sin embargo, el día que atravesó la puerta de entrada con su ropa oscura y sus movimientos tímidos, me pareció reconocer en ella a una antigua visitante, ahora muy desmejorada: una amiga de Juan Antonio que visitó esta casa una sola vez y a la que supuse alérgica a los de mi especie, porque al poco de entrar ella, él me encerró en la cocina durante toda la noche. Fuera o no la misma, jamás pensé que aquella mujer de apariencia débil sería capaz de hacer objeto de acosos sexuales a mi estimado Enrique. La entrevista comenzó de manera tensa: extendidos silencios que se rompían con frases tópicas pretendidamente cargadas de interés. Luego de pasar por todos los lugares comunes del clima, la decoración de la casa, los aspectos físicos de cada uno, el tiempo transcurrido desde la última vez que habían hablado por teléfono y la situación política internacional, tema este último en el que la joven se mostró particularmente desinformada, comenzaron a interesarse por Juan Antonio. La llamada Merche monologaba desde el sofá acerca del porqué de su interés por el ausente, de lo arbitrario que encontraba el silencioso mutis del muchacho y del ligero trastorno nervioso que le había diagnosticado un médico de la seguridad social en su reciente chequeo. Enrique, desde la cocina, escuchaba en silencio, mientras preparaba el*

*té que había ofrecido un minuto antes y que la joven
aceptó sin azúcar pero con «una pizca de leche». En el
mismo instante en que, más por aburrimiento que por
gana, yo saboreaba unas croquetas de pescado por nombre el de un famoso gato, oí que Enrique preguntaba a
Merche: «¿Por qué lo has hecho?». Corrí hacia el lugar
desde donde venía la voz, llegando a tiempo para ver
cómo la de la incomprensible acción retiraba la mano de
la bragueta del interrogador que, sin separarse de su
lado y acariciándole la mejilla súbitamente coloreada,
comenzaba a contar su vida con lujo de detalles, haciendo especial hincapié en los hábitos sexuales. Como
éste es un tema que conozco bastante y no tiene especial
interés para mí, decidí aprovechar para darme un paseo
por el piso: cuando los balcones están abiertos suelen
entrar infinidad de insectos voladores y, por si no lo saben, la caza es mi deporte favorito. No sé cuánto tiempo
me habré entretenido persiguiendo una abeja despistada,
pero recuerdo que de pronto el disco que estaba sonando
se acabó y ningún otro ruido llegó hasta mí. Decidí volver al salón pensando que la visita se había marchado,
lo que hizo que la imagen que se presentó ante mis des-
lumbrantes ojos verdes fuera aún más impactante: Enrique de pie, con los brazos en jarra, los pantalones y los
calzoncillos bajos y la camisa desprendida, miraba con
cara sorprendida a la joven Mercedes, que arrodillada en
el suelo y con los ojos cerrados en mística actitud de co-
mulgante, tenía dentro de la boca aproximadamente
nueve de los diecisiete centímetros del erecto miembro del
dueño de la casa. No vi mucho más, porque temeroso de
que volvieran a encerrarme en la cocina, preferí desaparecer por mi cuenta y riesgo debajo de un mueble. Pero,
ilustrando un famoso refrán, es evidente que la pájara,*

141

una vez comida, alzó el vuelo, y la visita no volvió a re-
petirse. Puede que sólo sean prejuicios, pero, por si
acaso, estuve investigando de qué manera puedo tirar al
suelo el pequeño televisor del dormitorio.

Bigati estira las piernas, bosteza sonoramente, investiga con un dedo meñique los contenidos de sus orejas, se despereza con los brazos en alto y, aprovechando la última posición, gira las muñecas en redondo aflamencadamente. Todo esto antes de decidirse a leer las dos cartas encontradas dentro de un sobre color rosa pálido, aparentemente traspapelado, como el anterior, entre los escritos de Enrique Izabi.

El sobre va dirigido a Juan Antonio Ford y, si bien la letra es la misma de las notas firmadas por Mercedes Areque, en este caso sus palabras no van acompañadas de ningún perfume.

Juan Antonio:

Temo estar haciendo el ridículo. Lo que pasó con tu primo Enrique no debe molestarte porque fue poco más que el demencial producto de un momento de locura. Hace tanto tiempo que no sé nada de ti que he comenzado a pensar que tu ausencia es una huida. Una amiga me dice que debería olvidarte, pero mi corazón niega esa posibilidad de descanso. Si yo soy la culpable de lo que está pasando, al menos pretendo saberlo. Nunca pensé que la incertidumbre pudiera producir tanto daño: tu silencio no permite que me concentre en ninguna otra cosa. No quiero ser dramática, sino hacerte conocer mis sentimientos para que no haya posibilidad de malentendidos que malogren nuestra relación. Doy vueltas al asunto buscando la palabra que pueda haberte herido o cuál de mis acciones ha sido la equivocada. Estás en mi pensamiento durante todos los minutos de mi vida. Tu foto es lo primero que miro al despertar y lo último que veo antes de conciliar el sueño, pero ella no puede contestarme las preguntas que le hago. Si te has decepcionado, por favor dímelo, pero no escapes de mi vida como un vulgar ladrón.

Mercedes

Posdata: Me he cortado el cabello y estoy muy delgada. Espero que me reconozcas cuando vuelvas a verme.

Pasé varias veces por vuestro piso y nunca he podido encontraros. Espero que no haya ocurrido nada grave. Esta nota la escribo con un boli que me deja la portera y como verás detrás de una receta médica. Perdón, pero es el único papel que he encontrado en el bolso. De cualquier manera, no quisiera que te preocupes, Juan Antonio: son sólo unos tranquilizantes que me recetaron hace dos semanas y que ya no necesitaré. Supongo que habéis oído mis mensajes en el contestador. He dejado tantos que a· veces me avergüenza. Creo que la portera desconfía de mí, así que he tenido que decirle que soy una compañera de estudios. Por suerte no me ha preguntado qué estudios eran esos, porque no hubiera sabido qué contestar. No vayáis a creer que soy una mentirosa habitual. A veces las situaciones te empujan a decir o hacer cosas que no te gustan e inclusive te repugnan. Por favor comunicaros conmigo. No creo merecer este silencio.

Merche

—Buenas noches. Creo que ustedes me llamaron. Yo soy Patricia Zampaglione.

»¿El doctor Vergara? Sí, González es mi apellido materno pero nosotros no lo usamos nunca... Quiero decir allá, en Argentina.

»No, ahora vivo aquí desde hace un poco más de dos años, pero ya había estado antes con el gallego, mi marido. Gracias a él conseguí la doble nacionalidad... pensábamos quedarnos en la costa, poner un chiringuito en Lloret de Mar... pero se mató con el coche y yo me puse tan loca con su muerte que me volví con mi mamá. De nuevo a Villa Devoto, aunque bastante más vieja y hecha puré. Por eso no me gustan los hospitales... Cuando ustedes me llamaron para que viniera no sabía qué hacer... Se me ocurrió que tendría que reconocer otra vez el cuerpo del gallego...

»No, gracias, no fumo. Soy moderna. ¡Bueno, no me mire con esa cara! Es una frase que le copié a una amiga de mi madre, hace pila de años. A mí se me quedó grabada, vaya a saber por qué, pero mire de dónde, igual por imitarla, nunca me gustó el tabaco...

»¡Ah, sí! Perdone... hablaba del gallego... ¡Era un tipo

bárbaro! En realidad había nacido aquí, en Sabadell, pero nosotros le decimos gallego a todo el mundo... A él al principio no le gustaba nada, pero después se acostumbró. Yo lo conocí en Buenos Aires, en una fiesta del Casal de Cataluña. La Perica me había hecho el coco para que nos presentáramos a un concurso de la Miss Carnavales del 78... Yo, no crea, con unos cuantos años menos y bastante menos sufrimiento encima; daba el golpe. Aquel día, me acuerdo patente, me había estrenado un vestido color naranja muy ceñido al cuerpo, de línea brasileña. Me pareció lo más apropiado... porque ellos son los reyes del carnaval, ¿vio? Los brasileños, digo. Bueno, que la Perica, siguiendo la misma tesitura, se había hecho uno verde loro, con plumas en el escote, y las dos nos pusimos unos aros... unos pendientes, quiero decir, bien exagerados, y nos fuimos a maquillar y peinar al salón de Miguelito Romano. Estábamos regias, la verdad. Todo muy pensado. Quién se iba a imaginar que cuando llegáramos al club nos íbamos a encontrar a todas las participantes vestidas como para un cumpleaños de quince, con tules y collar de perlas. Nos miraban como bichos raros, igual que si nos hubiéramos equivocado de película. Claro, parecíamos dos rumberas del Tropicana en medio de las Sílfides de Chopin. Ganó una rubia desabrida de City Bell y, a nosotras, ¡ni el premio a la simpatía! Pero el gallego ya me había junado... quiero decir que aunque no tuve la suerte de ganar la competición, igual Alfonso ya me había echado el ojo... que le gusté, de lejos no más, y le dijo al del Casal que le hiciera el entre. Nos invitó con champán... y yo nunca tomaba alcohol... Se me subió a la cabeza enseguida, y no paraba de reírme y reírme hasta que la Perica, muy viva, me llevó al baño, me lavó la cara con

145

agua fría y me dijo que no fuera tan loca, que el gallego
iba a salir corriendo. Con los años él me confesó que lo
que más le había gustado de mí era el carácter... que
fuera muy alegre, que siempre me estuviera riendo... Es
que estaba cansado de aguantar tristezas: se le había
muerto toda la familia en un incendio, lo había perdido
todo... Se quedó traumatizado por eso y ya no se reía
nunca por nada... Perdone, me parece que me fui a... que
me perdí, digo. Ah, sí... esa misma noche Alfonso me
llevó a mi casa y yo todo el tiempo estuve tratando
de parecer más seria, entonces él agarra y me pregunta
si me había ofendido con algo para que me pusiera tan
triste. Me quedé más dura que una piedra, y entonces él
empezó a decirme que lo perdonara porque era muy
aburrido, que no entendía de fiestas; que lo único que
le habían enseñado los padres era a trabajar... y yo lo
vi tan divino que lo besé en la boca... Tenía una boca
muy linda, grande pero linda. Creo que me enamoré de
la boca, ¿sabe? Siempre me preguntaba qué había visto
yo en él... El decía que yo era más guapa que la virgen
de Montserrat... Yo no sé, porque cuando la conocí me
dio un corte bárbaro verla tan... oscurita, como negra, y
medio me ofendí... ¡Pobre gallego, a veces soy tan
bruta!... Es mi carácter. No es maldad ni nada, es que
tengo este puto carácter taurino que aparece de golpe y
ya ni sé lo que digo... Me pasa en la panadería, ¿sabe?
A veces hasta pierdo los estribos con alguna clienta... Y
es que muchas se pasan cantidad. Se creen que soy la
sirvienta y ni me saludan, y como yo el catalán no lo
hablo pero lo entiendo todo, a veces las pesco sacán-
dome el cuero, criticándome, ¿vio?, y me mosqueo tanto
que... ¿verdad que ya me flipé de nuevo? Y para
colmo, seguro que a usted no le interesa un pepino todo

lo que le estoy contando... Mejor me pregunta, si no no acabamos más.

»Bueno, con el entierro y mi depresión se nos... se me fue todo el dinero que habíamos juntado para el negocio... yo igual no quería saber nada de chiringuitos, porque él chocó un día que volvía de la playa... Podría haber estado con él, pero insistió en que me quedara terminando las colchonetas... Es que también teníamos la licencia de las hamacas... como era el primer año estábamos muy justos de dinero y había que apañárselas de cualquier manera... Yo estaba dándole un repaso a las sombrillas, las hamacas y todo eso, y él prefirió que me quedara. Me dio mucha tristeza que se muriera solo, así, en la carretera. Toda su vida había estado de la misma manera, solo, y justo cuando me tenía a mí para hacerle compañía, va y se muere como un perro... El otro estaba haciendo una apuesta... jugando, ¿vio?, y el muy hijo de puta va y me lo revienta al gallego, que era incapaz de matar a una hormiga... las moscas igual sí, pero las hormigas no podía, decía que las veía como a él, pobres currantes, y a veces les tiraba las migas del pan. Yo no dejaba que lo hiciera: le decía que perdía el tiempo con tonterías. No es que pensaba que fuera tonto, ni mucho menos... pero tenía que ayudarlo a ser más vivo, a progresar... Nunca le confesé que cuando era tal cual era, yo lo quería más que nunca.:. porque el viejo, mi papá, era igualito a él... pero mi miedo era ése, que finalmente termináramos como ellos... como mi papá y mi mamá: en una casa de alquiler, sin nada.

»Después, cuando estaba muy deprimida, de vuelta en Devoto, en la casa de la vieja, a veces pensaba que Dios me había castigado por pretender demasiado... Pavadas, porque si Dios existiera no va a estar preocupán-

dose por joderme a mí y al gallego, que no le hacíamos mal a nadie, que lo único que queríamos era vivir como la gente... usted perdone, yo sé que hablo hasta por los codos y que cuando me enrollo con el gallego, con Alfonso... Es que en realidad me volví a Barcelona porque no podía dejar de pensar en él, que estaba acá, solo de nuevo, como siempre. Mire, yo reconozco que desde chiquita fui bastante rara. Había días que me levantaba con la cabeza dada vuelta... descolocada. Igual protestaba todo el tiempo, y todo el tiempo meta decir que la vida era una mierda y que me iba a tirar abajo de un tranvía... no sé por qué, porque nunca conocí ninguno, bueno aquí sí, el tranvía ese azul, del Tibidabo, pero allá ni uno... Son esas cosas que se le pegan a uno de los viejos... o vaya a saber de dónde. Claro, mi vieja, mi mamá, cuando me oía decir esas burradas, no sabía qué contestar, y se escondía en el baño o en la cocina a llorar en silencio. El gallego no. Cuando yo estaba amargada porque me parecía que nunca íbamos a salir de la miseria, esos días el Alfonso se ponía más cariñoso que nunca, y, cada vez que me quejaba, me decía: "No te quejes, mujer, que hay mucha gente que ni siquiera puede ver esa luz que tienes enfrente"... o cosas parecidas, porque en realidad siempre quería decir lo mismo, pero con otros disminuidos. Y a veces eran los ciegos, pero otras eran los pobres o los paralíticos, y cuando yo me mufaba y lo mandaba a la mierda a él junto con todos sus desgraciados, se callaba la boca, pero al rato aparecía con unas facturas, bueno, unas pastas, o algún chocolate, y terminábamos haciendo el amor, lo más felices.

»¿Qué? ¡Ah! Sí, sí. Si tiene que hacer, vaya no más... no tengo apuro.

»¡Cómo lo pasábamos, gallego! ¡Tan tímido que eras al principio! Ni te querías sacar la ropa... Yo no tenía ninguna experiencia y le preguntaba a la Perica... ¡qué buena piba, la Perica! Ella había tenido novio con cama adentro... pero yo, salvo los toqueteos en el zaguán y los paquetes que me apoyaban en los bailes... El narigón aquel... ¿cómo se llamaba? Froilán, sí, ¡qué nombre más raro! Todas decían que igual se ponía una toalla enrollada, porque al segundo bolero empezabas a sentir una cosa enorme apoyada en tu pierna... bueno, yo sabía que no era una toalla por el día aquel que se la sacó afuera en la puerta de casa... ¡qué guarro! Me dejó todo asqueroso, que tuve que estar limpiando en la oscuridad para que mamá no se despertara... Por ser la primera que veías, Patty, tuviste suerte... ¡Las cosas que se me ocurren pensar...! Me acuerdo cómo me asusté... y cómo él se burlaba de mí y me decía que en el barrio no iba a encontrar otra así... que ya se había medido con los amigos y lo llamaban el tres piernas. Y meta besarme el cuello y meterme la lengua en la oreja que me hacía cosquillas y me daba un poco de asco y me decía por lo bajo que por qué no se la agarraba y yo con los bracitos atrás y entonces él meta forcejear hasta que me llevó una mano a su cosa y no es por exagerar, pero me acuerdo que era como una lata de Coca-Cola... y estaba medio húmeda... como mi oreja... llena de baba que no me gustaba nada... pero a la vez me gustaba, y él se bajó los pantalones y no tenía un slip moderno sino esos calzoncillos grandes, como los que usaba el viejo, y me decía que no me asustara que no pasaba nada, que él lo controlaba todo... yo me abandoné a mi suerte y él me explicaba lo que quería que yo le hiciera y "agarrame la cabeza y pajeame más fuerte" y nada de besarme en

149

*la boca, que era lo que yo esperaba... Como en las pe-
lículas... Me acuerdo que me bajó la bombacha, una muy
linda que me había regalado la tía Noemí y que me ponía solamente los sábados o para alguna fiesta. A mí me
preocupaba mucho que me las pudiera romper y él
me decía que si yo pensaba que era un boludo que
nunca había bajado una bombacha en su vida y que se
la hiciera más suavemente que le estaba clavando las
uñas y yo meta darle a ese pedazo de pija que no me
cabía en las manos y él meta pedirme que le agarrara
los huevos mientras se refregaba contra mí y yo podía
sentir ese olor que no había olido nunca, tan dulzón y
penetrante como el de la madreselva, y que subía de allí,
entre sus piernas, mientras en mi cabeza daba vueltas la
cara de la vieja, diciendo lo que decía siempre: que tuviera cuidado, que igual algún hijo de puta me dejaba
embarazada y después tendría que cargar el resto de mi
vida con el fruto de una equivocación... y yo con el ca-
cho de pija en la mano, equivocándome... porque si el
Froilán me hacía un hijo no se casaba ni loco... porque
a él lo único que le gustaba era esto de zanganear y que
se la meneen y de golpe ensartarla a una, como a Lolita
la de la farmacia, que todo el mundo decía que hasta
había fotos pornográficas de ella tragándose todo ese
tremendo pedazo, que yo no sé cómo hacía porque a mí
me daba la impresión de que si él me metía eso entre
las piernas, más de la mitad me iba a salir por el culo...
y yo así todo el tiempo, dale que dale al coco, y subiendo y bajando y subiendo y bajando, aburrida... hasta
que el otro se agacha y empieza a meterme la lengua en
la cosa... Creo que ahí me di cuenta de que el sexo no
era ninguna tontería... Aunque después, con el gallego,
supe lo que era el amor.*

150

»¿El otro muchacho no viene más? A mí me da lo mismo... Si usted cree que puede seguir desde donde dejamos...

»¿Prisa yo? No, que va, yo no tengo apuro, pero si usted sí, le contesto lo que me pregunte y chau pinela.

»No, no crea que la conozco mucho. Eramos compañeras de trabajo y nos veíamos todos los días... usted imagínese, un montón de horas paradas atrás de un mostrador...

»Sí, a mí me dijo que vivía sola, aunque como nunca me invitó a la casa... la amistad no daba para tanto, supongo. En Devoto, con muchas chicas del trabajo nos conocíamos menos pero intimábamos más... quiero decir que nos juntábamos hoy en una casa y mañana en otra, a tomar el té y a reírnos un rato... a chusmear... a cotillear, digo... siempre había una excusa, pero yo también era más joven y... sí, perdone, ¿me decía?

»Ella me contó que andaba con un muchacho. Un cliente de la panadería que le gustaba muchísimo... Era guapetón, buen mozo... pero un poco macarra para mi gusto.

»No, no me malinterprete, malo no creo que fuera. Lo que pasa es que a mí no me gustan los tatuajes, ¿vio?, y este chico tenía uno en el brazo muy evidente. Alfonso, mi marido, el gallego, decía que eran recuerdos de preso. La cuestión es que Mercedes se flipó con él y no había forma de hacerla entrar en razón... Yo pensaba que el chico solo quería joder un rato... Usted perdone, yo si no hablo claro, es que no puedo... Ella, sin embargo, se lo tomó a la romántica: meta hacerle dibujos y poesías, que era lo que le gustaba hacer, y creyendo que el de los tatuajes era el mismísimo príncipe Valiente... Lo asustó. Hasta ella misma me lo dijo un día:

151

"Me parece que asusto a los hombres con mi sensibilidad". Yo, la verdad, creo que se ponía un poco cargosa... Cuando estás mucho tiempo sola, sin hablar con nadie, al primero que agarrás lo dejás sordo... ¿decía?

»El, el tatuado, tenía un primo, el que venía a comprar el pan al principio, y cuando la Merche estaba en pleno enamoramiento, ¡zácate!, el primo vuelve a aparecer y el tatuado se borra... Como si se lo hubiera tragado la tierra, y según la Merche sin darle ninguna explicación. En esa época la Merche lloraba mucho... Se encerraba en el baño a llorar, igual que mi mamá, y a mí me daba una cosa de angustia en el estómago... me hacía acordar de ella... de la vieja digo... y de mí también, que yo sé cómo se sufre por amor, que a veces una piensa que es mejor morirse para no seguir sufriendo... Aunque una cosa es pensarlo y otra muy distinta atiborrarse de pastillas. Del dicho al hecho hay mucho trecho, y yo creo que a la vida siempre hay que darle otra oportunidad.

»No, no se fue, la echaron... ¿Por qué? Porque empezó a llegar tarde y estaba siempre de mal humor. La dueña le avisó varias veces, le dijo que si seguía así era mejor que no volviera. Con esa facha... sin pintar, demacrada... parecía un cadáver. Imagínese: un cadáver vendiendo comida, ¿no es normal, verdad? Lo que yo nunca entendí es cómo se agarró un metejón... ¿se dice metejón cuando uno está metejoneado con otro y...? Sí, usted me entiende. Bueno, ¿cómo se puso así, tan desesperada por él, en dos o tres veces que se vieron? Fuera de la panadería, digo. Que yo me volviera loca cuando me faltó el Alfonso, que fue mi marido, y vivimos juntos por bastante tiempo, y teníamos planes y todas esas cosas, pero ella... con alguien que no conoce de nada, en

dos o tres salidas... ¡Usted me dirá! Sólo que me hubiera
engañado... Igual ya se conocían de antes y era todo un
truco para... ¿Para qué? ¡A mí se me ocurre cada pavada! Eso por querer hacerme la Sherlock Holmes. Si
fuera tan inteligente tendría que haber encontrado al
cerdo ese que mató al gallego...

»¡Ah sí!, perdone. Sí, es verdad, la vi otra vez. Vino
a buscarme una tarde al trabajo, a la salida. Yo me
alegré mucho de verla, pero ella estaba de miedo... Como
de luto: toda vestida de negro y con el pelo cortado al
rape. Punky, ¿vio? Entonces yo, de puro metida le pregunté qué se había hecho, y ella va y me contesta: «He
dejado aflorar mi verdadero ser». Se la veía muy segura,
como si después de mucho tiempo de darle vueltas a un
problema, hubiera encontrado la solución definitiva.
"Cambié", dijo, "me di cuenta de que estaba transitando
por un camino equivocado. Vivía en el lado oscuro de la
tierra, y ahora tomé otro sendero; salvaje, pero luminoso." Igual se hizo de una secta, pensé yo en aquel momento, y quiere ver si yo también me afilio. Pero no. Se
ve que como el del tatuaje no le daba más "importancia", vino a verme a mí, para ver si yo la aconsejaba un
poco. Me contó que finalmente se había decidido a hacer
unos cursos del Inem y que le iba muy bien, que los
profesores la elogiaban todo el tiempo. Yo me atreví a
preguntarle por el desaparecido, pensando que la historia
estaba archivada, pero a ella se le borró la alegría de la
cara, y mirándome fijamente al rostro y con los ojos llenos de lágrimas, me contestó: "Sabes una cosa: él era
una buena razón para vivir. Una razón que ya no tengo".
Estaba tan rara que ni se me ocurrió pensar que podía
ser una amenaza, que estuviera tan sola como para querer matarse... pero si usted me dice que la única direc-

ción de Barcelona que le encontraron fue la mía, ¡la pu-cha!, pobre piba...

»Sí, no se preocupe, yo me quedaré con ella todo el tiempo que haga falta. Tengo el permiso de la cata-lana... La catalana es la dueña de la panadería, ¿vio? Aunque a veces parezca dura, no es una mala mujer. Y como piensa que esto ha sido culpa del despido... ¿Usted qué cree? Claro, usted qué puede saber, si la Merche ni siquiera había dejado una nota... Yo, la verdad, estoy tan estupefacta con toda esta historia, que últimamente hasta confundo las madalenas con los cruasanes.

«Si este tipo no llama pronto, me voy a quedar dormido.» Bigati piensa que no le vendría nada mal mojarse la cara, quizás así se quitaría todo el muermo de encima. No lo piensa dos veces y cuando termina de secarse, lee la inscripción que denuncia, sin posibi-lidad de malentendidos, la propiedad real de la toalla: «Hotel Edén, Sant Feliu...».

—*Póngase contenta: ¡hoy sólo traigo historias felices! El viernes por la tarde Juan Antonio llegó a casa car-gado de regalos, diciendo haber cobrado no sé qué tra-bajos.*

»Habíamos tenido una semana de vernos poco y nada. Yo tomaba distancia para no verme envuelto en conflictos dolorosos... Ya le conté lo mal que lo paso cuando se acuesta con otras personas. Hago cosas de las que después me arrepiento... actúo como un niño de pe-

154

cho. En esos días él estaba con el asunto de la filmación... lo de la película porno. Yo no quería ni pensar que Juan Antonio estaba follando frente a una cámara... Finalmente, hice lo que hago siempre que quiero escaparme del mundo; meterme en el trabajo más que nunca. Dejé de atender el teléfono y sólo salía de casa para comer alguna tontería en cualquier bodegón del barrio. Mi única distracción era ver televisión desde la cama. Cuando Juan Antonio pasaba por casa yo estaba trabajando o dormido, y solo nos cruzábamos frases de compromiso. Pero de pronto aparece diciendo que quería gratificarme. Su representante le prestaba el coche para el fin de semana y había pensado que no nos vendría mal un descanso de dos días en la costa, con mar, sol y playa. Mi primera contestación fue un no rotundo que se negó a aceptar. Comencé a justificarme con estupideces: le dije que era imposible abandonar las traducciones, que no era momento de hacer gastos extras, que no podía dejar a Pacheco solo en la casa... Ni me atrevía a pensar en la posibilidad que me estaba ofreciendo... Me parecía demasiado bueno, supongo, demasiado romántico para mí. Inclusive podía tratarse de una broma sangrienta. En definitiva: no iría con él a ningún lado. Pensé que aceptaría mis excusas, o, que de no hacerlo, saldría de la casa dando un portazo, como siempre. Sin embargo, esta vez todo fue distinto. Me explicó a gritos cómo se había preocupado de organizarlo todo: un hotel en la costa, una cena la noche del sábado, excursiones a caballo, paseos por los alrededores... todo tipo de opciones... Y sabe una cosa: no sólo estaba furioso, también tenía los ojos llenos de lágrimas. Según Juan Antonio, era evidente que yo me avergonzaba de él y no quería mostrarme a su lado; que su compañía me pare-

155

cía hartante y sólo me interesaba para follar, como a todos los otros. ¡Todos los otros! En aquel momento imaginé que eran decenas, quizá cientos, los que se acostaban con él, los que lo disfrutaban de todas las maneras posibles, inclusive aquellas que para mí estaban vedadas. No se preocupe, no pienso entrar en detalles. Esa es una parte de la historia en la que prefiero no detenerme. Lo que importa es que finalmente llegamos a un acuerdo: yo iría a la costa y allí hablaríamos de todo lo que hubiera que hablar. Me dijo que mientras él se ocupaba del gato, yo tenía que preparar una pequeña maleta con lo indispensable. Lo oía cantar en la cocina y no podía creerlo. ¿Qué me pasaba? ¿Por qué no podía relajarme, no pensar, tratar de ser feliz? La cuestión es que Pacheco se quedó al cuidado de la casa, sembrada por todos los rincones de platos con galletas y tazones de agua, mientras nosotros nos íbamos camino de la costa: Juan Antonio hablando sin parar, haciendo bromas; yo, cogido del asiento, muerto de pánico. Pensando que con toda seguridad aquel era un coche robado, y su conductor, un psicópata amable, me llevaba entre sonrisas a una muerte segura. Juan Antonio, mientras tanto, parecía totalmente ajeno a lo que pasaba por mi cabeza y en mitad del trayecto me dijo que le cogiera... el pito. Parece que desde pequeño había fantaseado con una situación como aquélla. Le comenté, ácidamente, que no podía creer que alguien de su experiencia, asediado por hombres y mujeres de todas las edades y protagonista de espléndidas superproducciones de porno duro, no se hubiera encontrado antes con una escena semejante. "Sí", respondió, "pero nunca en el papel del conductor." Accedí dolorido. Estaba totalmente seguro de que si no lo hacía, mi chófer perdería el control del coche y nos estre-

llaríamos sin remedio. Lo encontré a punto, por su-
puesto... Eso siempre puede conmigo... Por descontado
hice más de lo que me había pedido... Tuvo que parar
en el arcén. Allí siguieron las sorpresas. Me dijo algo así
como "Quisiera que este viaje fuera perfecto", mientras
me miraba a los ojos con una dulzura desconocida para
mí... Ahora, mientras se lo estoy contando, me parece
una maravilla... una historia de película, inventada, de
un anacronismo similar al de mis fantasías. ¿Por qué
entonces cuando sucede en la realidad, cuando me su-
cede a mí, no puedo entregarme, gozarlo? Me pasan por
la cabeza mil ideas... Se me ocurre mirar hacia atrás,
hacia los costados... pienso en el escándalo, en la poli-
cía, en los periódicos. Me cuesta aceptarlo, pero creo que
envidio su libertad. Cuando le pregunto cómo hace para
ser tan espontáneo, me responde que no sabe de qué le
estoy hablando, que él no podría actuar de otra ma-
nera... Es joven, es hermoso y parece no tenerle miedo a
nada. ¿Qué hago yo a su lado? Posiblemente el más es-
pantoso de los ridículos... ¿Puede creer que al entrar a la
habitación del hotel nos encontramos con un gran ramo
de flores sobre una de las mesas de noche? Lo había
encargado Juan Antonio cuando hizo las reservas. No me
causó alegría. Lo primero que pensé fue que todo el per-
sonal estaría murmurando de nosotros, los maricones de
la 28. Mientras él me miraba, esperando que yo dijera
algo agradable, mi corazón saltaba como un loco y mi
cabeza se empeñaba en distraerse con la supuesta opi-
nión de los demás. Lo único que se me ocurrió fue pre-
guntarle por qué hacía todo aquello. Sin captar el repro-
che implícito en mis palabras, se encogió de hombros y,
después de pensarlo un momento, me respondió: "Porque
me gusta". Me sentí como una mierda e hice lo que tan-

*tas veces había visto hacer en las películas: me encerré
en el cuarto de baño a mirarme la cara en el espejo.
Debo haberme dado asco. Empecé a temblar convulsivamente para terminar vomitando sobre los azulejos blancos... Unos segundos después estaba en el vórtice de la
paranoia: tirado en el suelo, perdido todo el control sobre mis reacciones... Solamente quería que alguien se hiciera cargo de los despojos. Aquel día los ángeles estaban de mi parte: Juan Antonio, seguramente preocupado
porque yo no salía, entró a recogerme. Me levantó, envuelto en una toalla, y me puso sobre la cama. Había
una sola, grande, de matrimonio. Yo seguía empecinado
en mis temblores que ahora tenían características sísmi-
cas, pero, sin darle la más mínima importancia, él me
dejó allí y volvió a meterse en el cuarto de baño. Supongo que yo me había convertido en una especie de recién nacido: sumergido en un mundo de sensaciones pri-
marias oía correr el agua de los grifos sin saber
demasiado bien de qué se trataba. Reapareció, comple-
tamente desnudo, y comenzó a desvestirme a mí también. Yo ya no temblaba, aunque seguía absolutamente
ensimismado. Me alzó nuevamente en brazos, me metió
en la bañera llena de agua tibia, y se dedicó a lavarme
centímetro a centímetro con una esponja... Sin decir palabra, como si aquel fuera su trabajo; un trabajo que
desempeñaba con eficiencia no exenta de placer. Luego
me devolvió a la cama. Yo ya tenía mis facultades en su
sitio y, ¡al fin!, cierta sensación de placidez reconfortante
se iba apoderando de mí. Decidí abrir los ojos que había mantenido cerrados durante todo el largo proceso de
limpieza y masaje: Juan Antonio estaba de pie a mi
lado, con los brazos cruzados sobre el pecho y una cara
entre comprensiva y burlona, satisfecho de que yo hu-*

biera regresado a la vida gracias a sus cuidados. Supongo que a consecuencia de mi debilidad me pareció ver que en su antebrazo la palabrita inglesa del tatuaje brillaba como nunca. Se diría que era un cartel publicitario anunciando algo especialmente valioso. A la mañana siguiente nos despertó un camarero con una mesa rodante repleta de comida. Mi compañero de habitación estaba eufórico: abrió las ventanas y devoró el desayuno, mientras repetía como un alucinado que aquello era vivir de verdad. El piensa que la ciudad es un engaño, un atroz infierno disfrazado de parque de atracciones para distraer a los esclavos obligados a vivir en ella. Yo me quedé en la cama hasta que terminó de ducharse. Quería gozar de ese no hacer nada sintiéndose servido. El día era espléndido, con un cielo límpido que dejaba presentir el calor del sol en la piel. Juan Antonio salió del baño envuelto en una gran toalla de color amarillo vibrante. Recortándose sobre el turquesa de la pared, con el pelo mojado peinado hacia atrás, y una sonrisa magnífica iluminándole la cara, era una imagen casi publicitaria de la felicidad; una felicidad masculina, de loción para después de afeitarse... El sueño de cualquier persona... o al menos de cualquier homosexual, yo, por ejemplo. Le dije que se acercara. Quería quitarle la toalla, hacer finalmente realidad aquello que en todos los spots publicitarios aparece como una velada sugerencia.

»Tenía planes muy concretos para nosotros. Mi imprevisible ataque le había chafado la noche anterior, con cena junto al mar incluida, pero el sábado no nos podíamos perder un minuto ya que la programación era mucho más apretada. Debíamos pasear por la playa, broncearnos, revolcarnos en la arena, bañarnos en el mar, conocer algunos lugares de los que le habían hablado, visitar tiendas, comer mariscos... Ahora me atrevo a decirle que estoy colado por él. No me aburre. Al menos puedo pasarme todo el día mirándolo... Siempre encuentro algún ángulo de su cara, o algún rincón de su cuerpo, que me parece nuevo, fascinante. Para colmo, también me gustan sus defectos... El corazón se me estremece cuando me mira con cariño. Sí, no me atrevo a llamarlo de otra manera. El amor es algo tan sobado... Ha dejado de ser un sentimiento noble... Aunque en verdad, no sé si estoy hablando del amor o solamente de la pareja. Dígame, ¿qué futuro puede tener una relación así? A lo sumo compartir un piso, cuidar las plantas, tener algún animal doméstico... Hasta que llega el aburrimiento y la televisión a todas horas... Me niego a envejecer de esa manera.

—Envejecer de «esa» manera...

—De cualquier manera, supongo. Usted cree que tengo miedo a la vejez, ¿verdad? Quizá tenga razón. ¿Conoce acaso viejos felices? Es cierto que la senilidad es ineludible... salvo que la muerte llegue antes que el deterioro. Pero tendría que ser una muerte rápida, inesperada, que no dé lugar al miedo... No, de cualquier manera me niego, no quiero hablar de esto. Había prometido traerle sólo historias felices...

—Se niega a envejecer, se niega a enamorarse, se niega a hablar del dolor...

—Quizá sea verdad. Me paso el día removiendo viejos sentimientos. Por momentos me doy cuenta de que no hablo desde mi presente, no sé... desde el que soy ahora. Busco al Enrique de antes, tengo miedo de perderme a mí mismo... ¿Dónde está si no el pequeño que fui? ¿Dónde está ese niño tímido, frágil, que escribía su nombre en las paredes con una tiza robada de la escuela? Ni sé por qué lo hacía. No creo que fuera egocentrismo... ni vanidad. No lo creo. Posiblemente me promocionaba... Con la secreta esperanza de encontrar un amigo del alma, alguien que me quisiera y me cuidara como un hermano mayor, pero besándome como un novio. Ahora, por primera vez, tengo al alcance de la mano muchas de las cosas que he fantaseado durante años... Y no puedo gozarlas... ¿O será que en realidad no me producen placer? ¿Y si durante toda la vida hubiera equivocado los deseos? Se da cuenta, por eso prefiero contarle hechos concretos... Oyéndome decir tantas tonterías no necesariamente aclaro más mis pensamientos...

»Me pregunto si para otras personas, los dueños de todos aquellos yates, por ejemplo, la vida será siempre así, como este fin de semana. Perdón, no creo que usted sepa de qué estoy hablando. Fuimos juntos, con Juan Antonio digo, a un lugar inexistente, mágico. Allí entendí qué significa estar vivo. Un sentimiento dolorosamente oscuro, la pertenencia a un todo que nos envuelve y nos penetra... Quería aspirarlo, quedarme con un poco de aquello dentro de mí... Apresar ese momento de sueño para después, cuando la vida volviera a ser gris y opaca, cotidiana. Llegué a entrever algo que desconocía. Como si de pronto hubiera llegado a un conocimiento profundo, a una experiencia irrepetible. Sin embargo, a mi alrededor nada estaba fuera de su sitio, todo era absolutamente normal: el olor de los bosques de pino, las rocas, el brillo del sol sobre el azul aturquesado del mar... Nos habíamos perdido con el coche buscando una playa que no fuera demasiado concurrida. De pronto, no sé muy bien cómo, desembocamos en esa colina salpicada de casas decadentes, de ruinas fantasmales que alguna *vez fueron construcciones espléndidas, muchas de ellas conservando todavía algo de su orgullosa grandeza, pese a las pinturas desconchadas y a los jardines moribundos. Hubo tanta vida entre esos muros agrietados, que todavía parecen oírse las risas veraniegas, el sonido de las fuentes detenidas, las voces ilusionadas de los que vivieron allí, los mismos que plantaron en juventud esos árboles ahora agonizantes de soledad. Con Juan Antonio jugábamos a ser poderosos... Elegíamos el lugar perfecto, la ubicación más privilegiada, la casa con mejores vistas... La que, fantasiosamente, compraríamos para vivir. De pronto, y casi sin darnos cuenta, nos encontramos con el fin del camino: unas rejas de hierro sobre un acantilado. Estábamos solos. Los turistas habían optado por la arena de la playa, lejana pero visible, y nos permitían ser dueños absolutos de aquella maravilla. Había una ermita abandonada, rodeada de árboles que se torcían sobre sus paredes y de terrazas que parecían mostrarnos el mundo entero desde su cima. Una ilusión, por supuesto: aquello era sólo un pequeño trozo de la costa de Gerona. ¿Puede creer que allí, en un monumento erigido hace más de treinta años, había una inscripción que Juan Antonio conocía de memoria? Yo estaba ensimismado tratando de capturar todo ese esplendor, intentando explicarme el porqué de tanta belleza. Una frase que cada persona atribuye a un autor diferente, me daba vueltas en la cabeza: "Hay otros mundos, pero están en éste". Allí, delante de mis ojos, estaba la demostración, y me hacía feliz comprobarlo. De pronto Juan Antonio empezó a gritar desde el otro extremo de la terraza. Corrí hacia él pensando que mi tiempo de ensueño había acabado: aquí estaba el mundo real, apareciendo nuevamente para destruir todo el encanto con algún he-*

cho desagradable. Lo encontré de pie, afortunadamente
entero, frente a una piedra más alta que él, una especie
de dolmen con inscripciones conmemorativas. Me señaló
una de ellas y se puso de espaldas, pidiéndome que la
leyera en silencio. "Escucha ahora", gritó, y subiéndose a
uno de los muros bajos que rodeaban la ermita, recitó en
voz alta el mismo texto que yo acababa de leer sobre la
piedra.

> El meu pare és de L'Escala,
> la mare de Tamariu
> i jo soc fill d'una cala
> de llevant de Sant Feliu.

»Las sabía de memoria. Durante meses, esas estrofas
escritas a mano vaya a saber por quién, habían sido testigos de su encierro desde una pared de la celda. "Te das
cuenta", gritaba, abrazándome, "te das cuenta que ahora
estoy aquí, contigo, vivo y libre."

—La pequeña escritora vuelve al ataque.

Bigati sonríe satisfecho de su perspicacia: ha reconocido de inmediato la letra de Mercedes Areque en
el pequeño sobre amarillo dirigido a J. Antonio/Harri-
son y Enrique. Debajo de los nombres, la dirección de
la casa, subrayada y en mayúsculas, está flanqueada
por dos rubicundas flores de cinco pétalos.

—Parece que la bella panadera es dura de roer...

Juan Antonio, Enrique:

Como veis soy muy terca. Esta mañana he intentado comunicarme con vosotros por teléfono sin ningún resultado. Ni siquiera me contestó ese aparatejo antipático de los mensajes. He pensado que, hartos de mi insistencia, os habíais mudado. Sólo quería contarlo que en este tiempo, larguísimo para mí, han pasado muchas cosas. No todo ha sido malo, y a partir de ahora quizá las vaquitas comiencen a engordar para Mercedes Areque. He ganado el premio de poesía amorosa de la Fundación Lolita Granados de Sevilla. Es una deuda más que tengo contigo, Juan Antonio, porque el poema está dedicado a ti. Lo envió una amiga muy querida en un momento bastante negro de mi vida, y fíjate: parece que sirvo para algo más que dejar mensajes ridículos en los contestadores. Pese a lo que he dicho antes, me gustaría de verdad que sigáis viviendo en la misma casa y que esta carta no me sea devuelta nunca. Espero que la recibáis con simpatía. Adjunto copia de la poesía ganadora. Algún día me diréis qué os parece. Comienzo a sentirme mejor. Adiós.

Merche

PD: Si os apetece comunicaros conmigo, Patty, una de las empleadas de la panadería, tiene mi nueva dirección.

Yazgo desnuda en la apartada orilla
donde tu impío amor me abandonara.
Sin entender los signos de la vida,

vago en la noche del dolor, desasosegada.

Un estremecimiento sumergido
recorre la belleza de la tierra,
inquieta su rotunda geografía.
Las lágrimas que ruedan de mis ojos
forman el río de la desesperanza,
el mar oscuro de la melancolía.
Viendo salir un sol sin horizontes
la noche no se rinde a brillo alguno,
y en esta hora ciega, sin estrellas,
vierte en mí su impávida negrura.

Si la audacia fue tu rasgo prominente
y el valor la estirpe de tu raza,
¿cómo pudiste abandonarme herida
con este horror cosido a mis espaldas?

¿O es que acaso esta traición no corresponde
a la tierna dulzura de tu tacto
y la profunda herida artera que me mata
no ha sido producida por tu mano?

Vago aullando por calles y caminos
como un símbolo hediondo del pasado.
Te llevaste mi sano entendimiento
sin dejarme, tan siquiera,
un adiós vago.

Mercedes Areque

Tendría que escribir como las adolescentes de otra época: querido diario, hemos vuelto a casa. Luego del idílico fin de semana, la realidad nos golpea la cara con facturas telefónicas, mensajes apocalípticos y hasta un poema de amor desesperado. Para colmo, cuando comenzaba a acostumbrarme a la idea de un sencillo romance convencional y casero con fidelidad incluida, Juan Antonio vuelve a hablar de su película. Tiene que rodar la última escena, donde, según el guión, varios tipos hambrientos de sexo lo violan en una húmeda mazmorra. Intento ocultar mis sentimientos: trago saliva, voy al cuarto de baño, me ducho. Durante todo ese tiempo mil ideas se amontonan en mi cabeza, proyectando ante mis ojos escenas aterradoras. En medio de un gesto brusco que pretende apartarlas como si fueran tangibles, la flor de la ducha se desprende del soporte y me golpea en la frente. Comienzo a llorar a gritos, hasta que el espejo me muestra a un hombre maduro, absolutamente desnudo y totalmente mojado, con un hilo de sangre deslizándose lentamente por la cara desencajada, una máscara de dolor desconocida que observo con deleite. Un segundo después descubro en ella algo familiar. Mi madre dice su último adiós desde el espejo, en un aeropuerto acristalado, una desgarradora tarde de febrero.

Cuando Juan Antonio entra a enterarse de mi estado, sigo allí, frente al espejo, despidiéndome. Supone, con acierto, que yo quiero que abandone la película. Habla del dinero que cobrará, de todo lo que podremos hacer con él, de lo necesario que resulta en este momento. Me evado de la cuestión sin contestarle, preguntando a mi vez. Quiero saber qué piensa de nuestra relación. Lo veo desarmarse, trastabillando en su habitual seguridad. Insisto. Contesta con un venga, un vaya, dos sonrisas y varios movimientos diferentes de hombros a cada una de mis afirmaciones. Me explayo sobre el absurdo de nuestra convivencia, la notable diferencia de edades y el lamentable espectáculo que brinda un hombre maduro prendado de una juvenil belleza. Cuando hablo de la impostergable necesidad de un cambio radical que incluye, obviamente, una separación definitiva, agacha la cabeza y me anuncia que cuando yo lo desee él comenzará a preparar las maletas. No puedo soportar su mansedumbre. Le pregunto con ironía quién será el próximo afortunado en recogerlo. Me mira con dolor y furia, tirándome un «hijo de puta» a la cara. No hay insulto que me importe menos, pero decido ser absolutamente despreciable. «Te confundes», le digo, «yo no soy hijo de madre soltera.»

Salta sobre mí. Me coge del cuello. Me pega en la cara con la mano abierta. Estiro un brazo, logrando alcanzar la tijera que está sobre el estante. Se aparta, horrorizado. Lo he conseguido: ahora estaré nuevamente solo, como antes. Sale del baño sin mirarme. Sé que hará sus maletas, se irá a casa de alguno de sus amantes, terminará la película, desaparecerá de mi vida.

Oigo decir «te quiero».

He sido yo, la orgullosa Scarlett, deteniéndome

al borde del abismo, dispuesto a no pasar hambre nunca más.

Juan Antonio siente mis palabras a sus espaldas, como un golpe, y se planta en medio de la habitación. Llora convulsivamente. Lo abrazo desde atrás. Huele a sudor y, extrañamente, a lágrimas. Mi polla, casi dura, descansa entre sus nalgas. Como escuchando mis deseos, comienza a bajarse los pantalones, con lentitud pero sin dudas. Cuando lo penetro —en seco, brutalmente—, no deja de llorar. Tampoco cuando pregunto si le gusta. Cansado de mirar su espalda, enrojecida por el sol mediterráneo, le doy la vuelta. Finalmente lo tengo frente a mí, con los ojos cerrados y la cara descompuesta, humedecida. Vuelvo a decir que lo quiero. Estrecha mi cabeza entre sus brazos, y, acercando los labios a mi oído, susurra una frase inesperada.

«Sí, papá. Yo también te quiero.»

Era demasiado tarde para volverse atrás. Me estaba deshaciendo en el orgasmo.

No puede creerlo. Decididamente no puede creer que toda esa película de horror haya terminado. Tampoco quiere apresurar su alegría. Piensa que en cualquier momento un altavoz dirá su nombre añadiendo que debe volver atrás, o que una de esas caras desconocidas soltará una carcajada mostrándole que todo ha sido una mentira, una broma despiadada para terminar de destruirle la esperanza. Desde que abrieron la celda, anunciándole que se iba, su cuerpo dejó de pertenecerle; todo él se convirtió en un par de ojos alucinados. Finalmente era el espectador de alguno de los muchos sueños que había vivido en las interminables y desasosegadas noches de prisión. La última puerta estaba abriéndose para él y, al atravesarla, se encontraría con ese mundo perdido al que había fantaseado volver durante meses. Un mundo que Leandro, sin embargo, podía vislumbrar en los pocos sonidos que le llegaban de la calle y en las imágenes coloreadas de la televisión, pero también en los balcones de los edificios que rodeaban el patio de la cárcel. En ellos alcanzaba a ver a los habitantes de esa tierra próxima pero inaprensible, inmersos en sus vidas, entregados sin reparo a esas vulgares y ahora añoradas ocupaciones cotidianas —regar una planta, colgar a secar la ropa recién lavada—; todos ellos sin alejar la vista, con la mirada esclava de los límites precisos de su predio; sin mirar más allá, donde él estaba, con la pudorosa discreción del que intuye la próxima presencia del infierno, pero cuenta a la vez con la relajada tranquilidad de una constatación cotidiana: los que podrían atentar contra su seguridad de pinzas y macetas, están allí, en esa isla de murallas vigiladas. Muchas veces, observándolos desde la desesperación y la amargura, Leandro había pensado que también aquellos, sus distantes vecinos, eran unos condenados: presos en la imposibilidad de ser otros, viviendo una rutina que ni siquiera habían elegido.

La calle es, después de tanta oscuridad, sólo un resplandor en los ojos, un ruido construido por miles de sonidos diferentes, un caos atemorizador. Camina con rapidez, alejándose de esa mano imaginaria que, cogiéndolo de la ropa, volverá a encerrarlo. Camina sin mirar atrás, para que nadie haga la señal que dará por terminado el sueño, despertándolo nuevamente a esa pesadilla de celdas estrechas, analfabetos ruidosos y dentaduras podridas.

Esto es la vida nuevamente, la vida después de un largo paréntesis. Allí está: otra vez solo; como siempre desde aquel día de octubre en que un tren polvoriento lo alejó de su pueblo, alejándolo también, y sin que él lo supiera, de la pertenencia, de la compañía. Había huido, sobre todo, de la posibilidad de negarse lo que el cuerpo le pedía; también de verse convertido en una rareza de escaparate, la mujer barbuda del circo. Ahora podría decidir cambiar de vida. Nada ni nadie lo esperaba en ningún lugar. No tenía que rendir cuentas: todas, aun las más injustas, acababan de ser saldadas. Lleva en su bolsillo una libreta de ahorros, y en ella dinero suficiente para comprar un billete de avión que lo lleve a ese lugar desconocido donde podrá empezar de nuevo.

Pero eso será más tarde. Ahora está aquí, agotado por las sensaciones, con un hambre infinita y una sed insaciable, frente a ese bar que le ofrece, desde sus engrasados carteles multicolores, bocadillos calientes, hamburguesas con queso, cervezas heladas y un suelo lleno de papeles arrugados, cáscaras de cacahuetes y colillas de cigarrillos. Cruza la calle, entra resueltamente, y se sienta en un alto taburete de metal con asiento de plástico. Comienza a ser él, nuevamente. Se reconoce, aunque no le guste, en esa imagen demacrada y ojerosa del espejo. Busca recomponerse, sacarse de encima los rastros del temor; intenta que sus ojos vuelvan a adquirir la expresión burlona y picante de otros tiempos. Los huevos con bacon nadando en el aceite oscuro y la jarra de cerveza poco fría le saben a gloria. Durante meses, con la vista clavada en el grafiti que adornaba una pared de la celda y que desde el primer día se supo de memoria, había gastado horas y horas imaginándose así: de nuevo en su mundo, tomando simplemente lo que le apeteciera, alimentándose de todo lo bueno que la vida le brindara. Apura los huevos y el bacon hasta que sólo quedan los rastros de las yemas formando arabescos amarillentos en el aceite verdoso. Pide más pan para restregar el plato y una porción de ensaladilla con atún acompañada de otra cerveza. Mucho antes de acabar ya tiene pensado el postre: ración doble de chuchos y un carajillo de coñac. Se palpa mecánicamente el bolsillo de la cazadora tejana buscando cigarrillos que no encuentra y, al hurgar con la mirada los rincones del bar, ve una máquina expendedora, pero también los ojos alechuzados de otro parroquiano solitario. Sabiendo perfectamente la ubicación del artefacto, Leandro se acerca con la mejor de sus sonrisas y le pregunta por el tabaco, fingiendo sorpresa cuando el de los ojos saltones, sin ninguna especial simpatía, señala con la cabeza hacia un costado. Sin molestarse por la agresiva indiferencia del extraño, Leandro mete las monedas en la ranura. Mientras espera que la cajetilla haga su aparición, quiebra la cadera y, de manera más que evidente, comienza una exhaustiva inspección visual del sujeto de su interés. La piel muy blanca y el cabello cortado por un peluquero militar; el cuello grueso descansando sobre los hombros fuertes; los pantalones tejanos, rotos y desteñidos, ceñidos a las piernas de una forma tal que parece casi imposible que haya podido enfundárselos, marcando cada inflexión, cada músculo encu-

171

bierto; las manos toscas cerradas con fuerza sobre la copa de ginebra, como si tratara de evitar que escape de la mesa; los bíceps trabajados con sudor de asalariado, lejos de los gimnasios relucientes donde los amigos de Leandro musculaban sus cuerpos al ritmo de la música de moda. Leandro no tiene dudas: aquel macho solitario es lo que puede integrarlo de manera definitiva a la vida. Despreocupado definitivamente del café que se enfría, lejos de él, sobre la barra, abre el paquete de Marlboro, y, con un corto chistido, llama la atención del bebedor de ginebra, ofreciéndole amistosamente el primer cigarrillo de la cajetilla recién comprada.

«¡Hay que lavarse el culo, nene!» Como si la orden hubiera partido de otra persona, Leandro se levanta disciplinadamente de la cama y va hacia el cuarto de baño, dispuesto a darse una ducha. El polaco se había marchado un momento antes, mientras él descansaba satisfecho por aquel encuentro casual: el postre perfecto para su pequeño festín de liberado. No había desmentido la fama que tenían los de su país, sacando a relucir una verga no demasiado larga, pero de un grosor tan exagerado, que los labios de Leandro, acostumbrados desde siempre a estiramientos similares, se habían resentido en las comisuras. Se miró al espejo, descubriendo con alegría que sus mejillas estaban sonrosadas y lucía en el cuello un collar de moretones de variados tamaños. «No serán perlas», pensó, «pero también son un buen recuerdo.» Al comprobar con la punta de los dedos la anormal dilatación del ano y lo irritado del contorno, decidió que no le vendría nada mal la crema suavizante que llevaba en su único equipaje: una bolsa deportiva azul que había abandonado a los pies de la cama apenas entrar al cuarto. Cuando, al asomarse por la puerta del baño, ve que su bolsa sigue exactamente en el mismo lugar, pero que ahora la cremallera está abierta y el interior revuelto sin consideración alguna, no necesita acercarse más para saber que su pequeño ordenador portátil tiene un nuevo dueño, polaco y con ojos de lechuza.

Martes 16 (podría ser trece)

Cinco de la tarde. Desagradable historia. Es la voz de la Colores en el contestador que me pone sobre aviso: Leandro ha salido finalmente en libertad. Dos días después otro mensaje, esta vez del mismo Leandro, nos insulta y amenaza, jurando vengarse. Juan Antonio me pregunta si no es preferible que nos marchemos de casa, a lo que respondo que no pienso moverme de allí aunque me maten. Me mira a los ojos dulcemente, como acatando sin palabras una decisión que no comparte, mientras decide que sea yo quien elija un fondo musical para lo que él supone será un dramático desenlace. Pongo el *Oh mío bambino caro* cantado por la Callas y se acerca para besarme. Si no escuchara esa maldita voz interna recordándome que las escenas de amor entre hombres son casi siempre ridículas, podría haber gozado mucho más de las primeras caricias sin erección que Juan Antonio me brindaba.

He decidido no seguir con mi análisis. Si Juan Antonio abandona la filmación de la película, será imprescindible hacer economías por un tiempo. Supongo que tendré que despedirme de «La langue».

Doctora Lalangue:

Esta carta es sólo para despedirme. Traté de hacerlo por teléfono, pero su contestador me intimida más que usted.

¿Conocía mi letra? Tal vez agregue pistas tardías sobre mi persona. Una pena. Si no fuera porque únicamente uso el ordenador para mi trabajo, podría haber mantenido el misterio hasta el final. (Una obsesión más, ¿verdad?)

Desde hace algunos días, parece que mis cosas comenzaron a cambiar. No piense que quiero fardar de mutaciones; sólo han sido cambios mínimos, proyectos de mudanza, reajustes. Supongo que necesitamos nuevos decorados para seguir desarrollando la misma historia.

Por otra parte yo sigo igual que siempre: caminando al borde de un profundo agujero, haciendo delicados equilibrios para que no me devore la desgracia. La diferencia es que, a partir de este momento, no me será imprescindible hablar con un extraño.

Usted, con sus silencios, ha hecho que descubriera la importancia de dialogar conmigo mismo.

No piense por esto que he decidido optar por el encierro, la soledad y el soliloquio.

Todo este tiempo de mi edad, he vivido pidiéndole ofrendas a la gente. Como si los demás pudieran. Como si alguien, por vaya a saber qué milagro, hubiera conservado junto a sí su protector alado, el que los hacía portadores de la omnipotencia.

Hoy sé que no es así, que todos lo hemos perdido. Que estamos juntos en la incertidumbre, igualmente aterrorizados frente a un mundo que no entendemos. Con el cuerpo crecido a fuerza de renuncias, edificado con caparazones, construido para encerrar en medio del silencio a nuestro niño enmudecido.

Todos fuimos desprendidos brutalmente de maternales geografías protectoras, de situaciones cálidamente húmedas, para ser arrojados sin reparos a una áspera superficie donde lo que impera es el sonido descarnado, la batalla.

Por eso, a partir del tardío reconocimiento de esta desolación que nos iguala, nunca como ahora me he sentido más cerca de la gente, tan acompañado.

Tengo un hijo además: producto, como muchos otros, del deseo, aunque no como todos, de un orgasmo compartido, de una gestación de nueve meses. Nos hemos elegido mutuamente para cambiar el trágico final de la leyenda. El no doblegará la testuz bajo mi peso ni yo me desangraré bajo su acero. Tampoco habrá una madre para confundirnos. Por tanto: no se acostará con ella, lo hará conmigo. Hemos preferido, entre otros pecados más sangrientos, el familiar, antiguo incesto.

Enrique Izabi

Querido papá:

Hoy, en un cajón cualquiera, perdida entre dibujos arrugados, catálogos de objetos sin interés alguno, hilos de colores, tarjetas de bares y restaurantes que nunca conocí, botones que perdieron su ojal hace milenios, un pececito de plástico verde encontrado en Bruselas y recortes de periódico que seguramente no volveré a releer, encontré una carta escrita otra tarde de verano bochornosa, mientras el sudor me resbalaba por el cuerpo y la angustia se alimentaba de recuerdos imprecisos.

Ha pasado el tiempo. No demasiado, pero sí el suficiente como para que aquellas «notas inspiradas por su amor», hoy me suenen injustas, desmedidas, absolutamente ingratas.

Será porque finalmente he logrado lo que quería: un hombre me ha mostrado que puedo caminar tranquilo, confiando sin temores en mi propio corazón. Si ese encuentro se hubiera producido mucho antes, el sufrimiento ahorrado hubiera sido inmenso, pero, acostumbrado a buscarlo a mi alrededor, desesperadamente, ¿cómo podía pensar que lo tenía tan cerca?

Ahora, papá, puedo ver sus silencios como respeto y su alejamiento como honestidad. Usted no supo qué hacer conmigo.

Tampoco pudo hacerlo. Frente al hecho consumado escapó para no ver, y lo hizo con tanta precisión que acabó por ganarse una total ceguera. Mientras perdía la orientación vagando por aquel pequeño piso que se convirtió en su tumba, preguntaba la hora a cada instante, prediciendo, con esa sobriedad en el tono que siempre dio un carác-

176

ter especial a sus palabras, un pavoroso fin del mundo, mientras sabía, claramente, que lo único que estaba por acabar era su vida.

Yo hice lo que usted, escaparme. Su imagen no me era placentera. Estaba conociendo el mundo, tratando de encontrar un lugar acogedor sobre la tierra; escarbaba en mi temor para atrapar la mínima posibilidad de valentía que me permitiera no desear morirme. No quería un anciano balbuceante como padre. Prefería el sexo, los amigos, las charlas y los cines. Pese a todo no fui indiferente, lo recuerdo. Traté de hablarle, de conocer el porqué de aquel castigo tan atroz, de esa agonía indigna. No podía existir un dios tan inmisericorde como para querer castigar mis pecados con sus sufrimientos. No papá: nada tenían que ver esas entrepiernas abultadas, esos tibios miembros juguetones, todos aquellos culitos carnosos y apetecibles que se sentaban sobre mi pene adolescente, con su dolor y su ceguera.

Pene, ¡vaya palabra! Buena quizá para definir a unos espaguetis, a un accidente geográfico, a una enfermedad de los delfines. Una palabra sin sexo, sin olor a semen.

Estoy entrando nuevamente a un terreno que no quería tocar. Volveré a ofenderlo.

Papá, de verdad, lo quiero. Si pudiera abrazarlo, con seguridad lo haría. Pero no de viejo. De ciego sí, no de babeante. De triste sí, pero no de enfermo. Lo quiero igual que usted me quiso a mí, de a trozos.

Qué puedo hacer si no soy yo el que no puede, es mi cabeza. Qué puedo hacer si no es tu hijo el que no puede, es la cabeza de este hombre que tú ayudaste a crear.

«Di tu palabra y rómpete.» Hace días que esta frase me da vueltas en la cabeza sin que logre acordarme del nombre del autor. Tampoco sé el porqué de su incordiante presencia.

La postal muestra una gaviota con las alas abiertas suspendida en un cielo azul intenso, y, cruzándolo, una leyenda en letra cursiva: *«Recuerdos...»*

Aunque no necesita mirar el remitente para saber quién la ha enviado y puede imaginar hasta en las comas el contenido del mensaje, Manuel Bigati está especialmente interesado en ratificar una vez más sus facultades para la investigación, por lo que gira la cartulina con un esbozo de sonrisa en los ojos y lee: «Desde estas playas de ensueño, un afectuoso recuerdo para ambos. Merche».

Intermedio andaluz

Las dos mujeres llegan al hotel a primera hora de la mañana. El viaje las ha agotado y su único deseo es poder despatarrarse sobre una cama sin pensar en nada, dejando que el sueño las venza por todo el tiempo que sus cuerpos necesiten. No puede decirse que el cuarto sea frío. Abunda en muebles que intentan repetir, sin éxito y abaratando costos, las líneas propuestas por los diseñadores de vanguardia, uniéndolos con absoluto desparpajo a colchas y cortinajes de una anterior decoración de estilo francés que seguramente los responsables de la rehabilitación encontraron aprovechables. Nada más entrar Merche descuelga varios cuadros con gitanas, manolas y majas pintarrajeadas, un detalle introducido por los mismos decoradores para imprimir un toque folclórico a las habitaciones, que posiblemente encontraron demasiado impersonal. Dispuesta a no dejarse observar por esas mujeres insustanciales, la joven poeta las mete en el armario. Patricia hace lo mismo con la colcha de la cama de matrimonio, dejando al descubierto las sábanas, de un tranquilizador azul marino. Las dos mujeres se miran, riendo, y comienzan a desmontar el equipaje, aprovechando al mismo tiempo para esconder los objetos variopintos que adornan estantes, me-

179

sas y rincones: cerámicas de color blanco recreando imaginarios mundos submarinos; jarrones de plástico metalizado sosteniendo, en inestable equilibrio, tulipanes de plástico que alguna vez fueron negros; una inmensa variedad de souvenirs regionales, baratos y cascados. Todo va a parar al fondo del armario, junto a las flamencas de turgentes senos y oscurecidos párpados y a los fastuosos cubrecamas imperiales. Los ahora deshabitados clavos de las paredes sirven para que Patricia, promotora de la idea, y Mercedes, complacida imitadora, cuelguen pañuelos, collares y pendientes que van sacando apresuradamente de sus maletas. Para finalizar, la ex dependienta de panadería y ahora poeta premiada, extrae de su equipaje, con evidente cara de felicidad, una pequeña radio portátil que entrega a la acompañante sugiriéndole que ponga música, mientras ella se acerca a la ventana y, corriendo cortinados y abriendo celosías, descubre, a menos de quinientos metros, el mar. Eufórica, se gira para comunicar el feliz hallazgo a su amiga y encuentra que Patricia está en medio de la habitación, abrazada al aparato de música, llorando.

POEMA DEL AMOR QUEMADO

No comprendo que el sol que más calienta
sea el mismo que del amor hizo pedazos.

Después del ciervo, una gacela inesperada.

El alivio de su mano está borrando
la señal cruenta que dejó otra mano.

180

—¿Te gusta?

—No sé si lo entiendo. Creo que es un poco trágico.

—Es probable. Yo vivo solamente historias trágicas.

—No tenés ningún derecho a decir algo así.

—No se trata de una cuestión de derechos sino de sentimientos.

—Entonces no tenés derecho a sentir así.

—¿Por qué?

—Porque estás viva, sos joven...

—¡Porque soy joven! Ni que estuviera de vacaciones con mi abuela.

—¡Tu abuela yo! Dios me libre y me guarde... eso ni en broma. Bastante tengo ya con mis problemas. Pero me parece injusto que escribas una cosa tan triste frente al mar, junto a una persona que te quiere y después de haber ganado un premio fabuloso. Creo que estás empeñada en vivir del pasado. Yo le prometí al gallego que haría todo lo contrario.

—Tú porque tienes una historia maravillosa para recordar.

—Y vos tenés mil por delante para vivir.

—No estás en mi piel. Siempre los sentimientos de los demás nos parecen equivocados, faltos de consistencia. Yo podría reprocharte... no sé, mil cosas.

—Pero no se te ocurre ninguna. Bueno, no me gusta verte así... y tampoco tengo ganas de ponerme de mal humor. ¿Por qué no salimos a dar una vuelta? Podríamos ver un poco el pueblo, comer algo... Soy una burra, te tendría que haber dicho que la poesía era divina y chau.

—Divina... ¡Una mierda! La divina eres tú. Me tienes una paciencia poco común y encima te disculpas...

Señora: haremos lo que usted disponga. Si quiere nos vamos ahora mismo de cañas y tapeo.

—¡Bárbaro! Así aprovecho para comprarme un lindo sombrero de playa. Mañana voy a tomarme todo el sol, a ver si me saco de encima este color a harina cruda que llevo encima.

Pescadito frito, calamares, mejillones, chipirones a la plancha, mojama, olivas rellenas, puntillitas, taquitos de queso, papas fritas, langostinos de Sanlúcar, cazón en adobo, anchoas, pimientos en aceite, atún encebollado, sardinas al ajillo, pepitos de lomo, ensalada de tomates, tortilla con chorizo, pez espada empanado, jamón jabugo, ensaladilla rusa, boquerones en vinagre, pan tostado con aceite y ajo, pescado fresco del día, ensalada mixta, espárragos con alioli, palmitos con mayonesa, San Jacobo, lomo de cerdo al horno, gazpacho, sopa de pescado, pepinillos en vinagre, mero a la plancha, bistec de ternera, cordero a la cacerola, pollo enharinado, arroz con leche, flan casero, helado de vainilla y chocolate, macedonia, frutas del tiempo, café, manzanilla, té a la menta... te miro, me veo en tus ojos, me gustas, te quiero...

OTRA MUJER

Eres espejo donde mirarme puedo,
Quieta espesura que mi dolor cobija,
carmen de paz donde olvidar el ruedo:
parienta, amante, madre, amiga, hija.

182

Bajo tus manos tiemblan mis costillas
y entre mis piernas el deseo grita.
Hay en tu amor la devoción sencilla
sin la rudeza que la piel marchita.

Ven a mi lado, acúname en tu seno,
descansa en mí tu infierno y tu dulzura.
Al enseñarte un mundo diferente
iré aprendiendo a ser otra en tu ternura.

La cama con sábanas de color azul se ha convertido en un mar profundo donde las náufragas temero-
sas se aferran una a la otra con uñas y dientes, piernas
y brazos, muslos y nalgas, senos y dedos, labios y labios, mar proceloso con embriaguez de vino, equivo-
cando géneros y preferencias, una mano de mujer,
aferrada a otra mano que no es de hombre ni de niño,
una mano pequeña pudorosa que por temor a tocar
acaricia, y por temor a acariciar destroza, ¿dónde ha
llevado ese mar entelado a este barco sin rumbo?, sin
capitán ni marinero, ¿dónde encallará su proa? La
cama azul mar se ha tejido en tiempos distintos, con
hilados diversos. Hay sudores salobres y arenosas ma-
niobras, pescadoras de perlas prisioneras de otras
bocas, nadadoras jadeantes que descansan sus cuerpos
en la costa privada que les brinda otro cuerpo. Descubierto el tesoro con tal celo guardado, ¿dónde irán
los temores?, ¿dónde se irá el misterio?
Una boca de mujer besando otra boca de mujer;
las manos que empiezan a reconocer al otro cuerpo, el

enfrentado, similar pero diferente, auténticamente otro; la humedad de las lenguas, la humedad de los labios. Un ademán desconocido que empieza a parecer, al repetirse, cotidiano y verdadero. Un olor entre los muslos. La supuesta carencia. La caja de Pandora abriéndose a los dedos que hurgan, buscando el tesoro prometido, encontrando lo que se presentía próximo, lo que nunca se había explorado por cercano. Un espejo mágico que refleja las diferencias, un parque de diversiones, el jardín de las delicias.

Cuánta tranquilidad, cuánto descanso, en este amor sin cimas, sin aristas.

Capítulo aparte

Bigati mira el reloj. Es indudable que el tiempo por sí solo no solucionará el problema del muerto. Si no se le ocurre nada mejor cuando haya terminado con la lectura, y su amigo Zascarreta sigue sin dar señales de vida, tendrá que avisar a Catty Ferrer, la mujer de Paco. Posiblemente ella sea la más indicada para encontrar un destino definitivo al extraviado cadáver.

EL NOVIAZGO DEL PRINCIPE FELIPE CON ISABEL SARTORIUS VA MUY EN SERIO *y que lo digas, bonita, que en todas las revistas de esta semana lo dan por terminado* SEGUN JOSE LUIS DE VILLA-LONGA, TIO DE LA JOVEN... *¿éste el tío de esta niña? Jamás lo hubiera pensado...* LLEVAN DOS AÑOS JUNTOS, TIEMPO SUFICIENTE PARA DARSE CUENTA DE QUE SE QUIEREN DE VERDAD *que me lo digan a mí que llevo más de quince con el Paco y todavía no sé si lo quiero o lo detesto* LAS EXCENTRICIDADES DEL SEÑOR ALCALDE *a éste sí que no lo aguanto, mira que es feo el tío* CON PANTALON CORTO Y SANDALIAS *¡por mí, como si se vistiera con una tienda!* ADQUIRIENDO ALGO EN

185

CADA STAND *¿qué podrá comprar este borrego?...*
DISTINTOS OBJETOS DE... *¿hay olor a quemado? Si se me quema el pollo el Paco me mata, siempre llega muerto de hambre...* CON JEANNETTE NO SE EN-TIENDEN *¡bueno sería!, con lo guapita que es ella... aunque dicen que por los cacahuetes baila el... ¡qué mona está en esta foto!, de rosa fucsia... Es su color, no hay duda, hummmm... ya hay olor a pollo asado, tengo miedo de que se arrebate* EL SUSTO DE LA PRIN-CESA ANA *ésta es... ¿cual es ésta?...* ACUDIO A RESCATAR A SU HERMANA *debe de ser la hija de la reina de Inglaterra, ¿tiene hijas la reina de Inglaterra? ...* MARK PHILLIPS, LA PASION POR TODO TIPO DE DEPORTES... *no sé si es la que se emborracha, la de los problemas con el marido, o la otra, también de fucsia, qué casualidad...* PERO LA PRINCESA ANA SE LLEVO UN BUEN SUSTO *éstos se creen que una servidora tiene memoria de elefante, me quedo sin saber quién es, tendré que llamar a la Nuria, ella se lo sabe todo* CARMEN THYSEN SIGUE CONSERVANDO LA MISMA FIGURA... *bueno sería, lo único que hacen es cuidarse la silueta todo el tiempo...* QUE LA HICIERA ACREEDORA DEL TITULO DE MISS ESPAÑA *debemos de tener la misma edad, claro que yo no me he estirado nunca... ¡fíjate, de bañador fucsia! ¿Será el color de esta temporada? ¿Y el pollo? Por lo menos, olor a quemado no hay, podría levantarme a controlarlo, pero como puse el reloj... se supone que tiene que estar bien dorado* LA CLIMATOLOGIA NO QUISO RESPETAR EL... *bueno sería que tuvieran coronita para todo...* DECIMO ANIVERSARIO DE BO-DAS *diez años. ¡Dios mío, cómo pasa el tiempo! Me acuerdo perfectamente cuando lo vimos por televisión...*

186

con mamá, pobrecita, que en paz descanse... ¡si es que no somos nada! ¡Qué horrible que te pase algo así!, mira cómo le ha quedado el peinado... y la ropa, ¡y los zapatos! Digo yo, ¿no tendrán paraguas? ¡No van a tener! Miles tendrán, millones, si yo, que no soy nadie, tengo como una docena, me imagino que ellos, que son de la nobleza y viajan siempre... Además, en cada lugar le regalarán alguno, como souvenir, digo... Aunque un paraguas... Igual no es el regalo más adecuado para una reina... ESCUCHARON A PAVAROTTI... qué bien canta ese hombre, me gusta casi más que el Perales... QUE ADEMAS PLANTO UN ARBOL... lástima no saber idiomas, porque nunca entiendo lo que dice... EN EL BELLO MARCO DEL HYDE PARK DE LONDRES... de Londres... ¡qué bonito...! Estuvimos hace unos años con Herminia, la mujer de Carlos. ¡Qué ciudad tan bonita! Con esa tienda de ropa interior tan económica... ni rebajas ni nada, ¡un precio! y los calzoncillos todavía le duran al Paco... tengo que volver a ir, era un nombre de hombre como... SU CUÑADA, LA DUQUESA DE YORK... ésta siempre sale elegida como una de las más elegantes... bueno, creo que es ésta, a veces se me confunden los nombres EL REFRESCANTE BAÑO DE MARIA CHAVARRI Marta, hubiera jurado que se llamaba Marta... SE PARECE MAS A SU HERMANA con razón, ya decía yo, menos mal, creí que me fallaba la cabeza... tranquila Catty, no estás tan senil ANTONIA DELL'ATTE, MANIQUI DE GIOVANNI TORLANI, no, TORLONIA y éstos ¿quiénes son? DEL EXITO ALCANZADO... no sé si habrá pan suficiente, pero volver a bajar sólo por eso... mejor no bajo, el pan engorda, tengo que convencerlo de que el pan engorda, ¡está echando una panza! que coma

las galletas sin sal AUSONIA NOCHE... NOCHE
TRANQUILA *tú ya no tienes esos problemas, Catty...*
HA VUELTO A LOS ENTRENAMIENTOS *¡y no está
preso! tanto escándalo que hicieron...* DIEGO AR-
MANDO DECIDIO VOLVER DESPUES DE VA-
RIOS MESES... *drogas, no hay nada más asqueroso
que las drogas...* SE RECUPERA EN UN CHALET
DE LA SIERRA MADRILEÑA *la suerte de la fea la
linda la desea, ¡mira que era guapa esta mujer! otra
miss España...* PANCREATITIS AGUDA... *eso es algo
del estómago pobrecita, o del hígado, una enfermedad
del hígado...* EL RUIDO COMO ES NATURAL MO-
LESTA A LA PAREJA... *y a quién no, la de al lado
con el perrito, la de arriba con los tacones, que va y
viene todo el día, como si me lo hiciera a propósito, mis
nervios no dan para más, qué no daría por irme a una
isla desierta... EN IBIZA, LA FAMOSA NIÑA MILLO-
NARIA... me gustaría ir, el Paco estuvo el año pasado,
cuando yo fui a verla a mamá, pobrecita, que Dios la
tenga en su gloria... no le gustó nada, lleno de maricones me dijo, que no volvía ni loco, menos conmigo...*
CON UN PAREO FUCSIA, EL COLOR REY DE
ESTA TEMPORADA *¡lo había dicho! no sé si todavía
tengo aquella falda de... ¡qué olor a quemado! reina,
ahora sí que has dejado quemar el pollo, ¡diez minutos!... una hora te has echado. ¡Venga, y ahora también
el timbre! A quién coño se le ocurre venir a esta hora...
igual es el Paco que se olvidó las llaves...*

    —Sí, ¡sí! Lo escucho muy bien. ¿Quién dice que es?
Ah, sí, del local... Pedrito... ah sí, Pedro... ¿por qué
asunto es? Bueno, estaba por salir en este mismo instante... ¿Mi marido no está con usted? Está bien, si
es tan urgente le abro, suba un momento. Espero que no

188

le haya pasado nada malo a Paco, ¿verdad? Gracias a Dios. ¿Se ha abierto? ¿Qué querrá este mariconazo? Se supone que le pagan por quedarse en la puerta del bar y no por andar moviendo el culo por la calle.

—No hay manera, estos malditos quesos franceses siempre me producen gases.

Entretenido con el oscuro placer que le proporciona la imparable catarata de sonidos graves que brota casi rítmicamente de su cuerpo, Bigati se balancea en la silla, hasta que el teléfono lo saca de su placentero paréntesis musical con un agudo y sobresaltador timbrazo.

— ... dos... tres... cuatro... cinco...

El improvisado investigador cuenta las chirriantes llamadas del aparato, hasta que después de un corto silencio, una voz que no alcanza a reconocer dice algo sin importancia.

—... Esto... Hola... ¿Cómo estáis?... No hay caso, no puedo hablar con estos malditos bichos... Os volveré a llamar.

Bigati se olvida del queso francés, la silla giratoria y sus expresivos pedorreos para acercarse al teléfono.

—Gracias, cariño.

La llamada ha volcado su atención sobre el contestador automático. No es aventurado pensar que pueda estar tan lleno de sorpresas como la refrigerada caja de galletas.

—... Quería hablar con Juan Antonio. ¿Estás ahí, Juan Antonio? O tú, Enrique... Soy la amiga de Juan Antonio... Por favor, dile que necesito verlo con urgencia. Si es necesario me plantaré en la puerta hasta que me reciba. Gracias. Y lamento ser tan pesada.

—Enrique, soy yo, Roberto... He tratado de hablar contigo antes. Supongo que habrás recibido mis mensajes... Oye, sigo esperando la devolución del libro... y de todas las demás cosas de valor que se llevó tu chico de mi casa. Te aviso que si no se comunican conmigo a la brevedad tomaré las medidas necesarias para que esto no quede así... Tú sabrás. Adiós.

—Hola, señor Izabi... Pilar Manrique, de la National Neederlander. Había quedado en volver a llamarlo por el asunto del seguro. Insistiré en otro momento. Estoy segura que puede interesarle muchísimo.

—¡Ay, por Dios, cómo odio estos aparatos! Que hablo yo, Colores, que la cosa se complica, que ahora parece que la mujer del Paco se enteró de todo el rollo, de que él era mariquita, quiero decir de que es, que era lo supo siempre, pero creía que la muy pendona se había regenerado, ¡ay!, se me va a apagar el bicho este, lo sé, ¡que estoy muy preocupada por ti querido!, que el Pedrito por despecho le contó todo a la Catty, sobre todo lo de las películas... esta porquería está haciendo ruiditos raros, ¡me cago en la leche! Si se corta... Enrique, mi amor, espero que oigas el mensaje, porque la Catty se va a aparecer en tu casa en cualquier momento a buscarlo al Juan Antonio, que el Pedrito le hizo el coco a la gorda diciéndole que el Juan Antonio era el culpable de todo y dortrtrtrtr...

—*Soy yo de nuevo, no te digo ni hola ni nada porque estoy en una cabina y unos yonquis de mierda están golpeándome el vidrio con una navaja para que les deje el teléfono, ¡si vieras la pinta!, es para morirse, ¡que sí!, ¡que ya corto, pesada! No creas que te lo digo a ti, Enrique, le estoy hablando al Jesús, que está conmigo y dice que no me enrolle... Sí, te cuento que la Catty anda superflipada, diciendo a todas las locas que encuentra, que a su marido le va a cortar los cojones para hacerse unos pendientes, y que al chulo, o sea al Juan Antonio, lo va a meter en chirona, que es hija de un capitán de la guardia civil y que a ella no le toma el pelo nadie, y te cuento que se fue al Anfora y le reventó la caja de seguridad al Paco, así que tiene todas las direcciones y los vídeos, y parece que el muy huevón había guardado unas fotos que le hicieron en Puerto Ricotrtrtrtrtrt...*

—*Enrique, son las últimas monedas y los yonquis me están escupiendo el vidrio con cara de mono. No puedo salir a buscar más cambio y ni sueño con conseguir por este barrio asqueroso otro teléfono que funcione, ¡no sabes!, es un milagro ¡ay, basta, qué pesada! No, es que el Jesús tiene razón, pero se pone de un reiterativo... ¡Habla tú, chico! Si será tonta... se ofendió y se fue... Enrique, cariño... que te cuides, que hay menores de por medio y el Leandro y la Catty son dos de temer: una está loca de la cabeza y el otro del culo. La Catty se ha ido a la policía con todo el material, y después quería vendérselo al* Interviú, *imagínate el escándalo, pero el Paco que no es tonto, sacó a relucir a un cliente del bar que es comisario y por ahora pararon la cosa, aunque las fotos de los portorriqueños esos, dándole por culo, todos menores de edad, no cuelan, y el Paco anda con cara de trtrtrtrt...*

—Mira, soy yo de nuevo y estoy desesperado. No sé a quién llamar. La policía comunica y los demás no tienen ni contestador... ¡por favor, Enrique, si estás ahí, contesta! Los yonquis han cogido a Jesús... lo están matando a hostias... yo he trabado la puerta con el culo y no sé qué hacer... estoy dando gritos pero no pasa nadie... pobrecita, no sabes, la están dejando hecha una porquería... tan tranquilo que estaba en su casa viendo la película y yo insistí en que me acompañara... si serán bestias... Enrique, por favor, te hablo desde la esquina dé casa, si estás ahí, que yo creo que estás, ¡llama a la guardia urbana, a los bomberos, a quien sea...! apenas esto se corte... ¡Ay, Dios mío, qué animales! Jesusa, pobrecita... ahora la están colgando de la trtrtrtrtr...

—¡Me cachis!... Sí... soy Albert, el asistente de Steban, el de la peli... Quería hablar con el Harry... Es para recordarle que mañana tiene que estar en el estudio a primera hora, para pasar por maquillaje... Que no se olvide... ¡Ah!, y que venga sin afeitarse... (algo indescifrable)... No, no está... le estoy dejando un mensaje... Sí, que si surge cualquier problema la llame urgentemente a Lali... Chau.

—¡No vendrá, sé que no vendrá! ¡El muy hijo de puta!... ¿Tú has hablado con él? ¡Albert, a ti te hablo, tío! ¡Ya sé que el contestador está puesto hace una semana! ¿Cuándo hicimos las últimas tomas? ¡Tres días! ... bueno, hace tres días... y tú, Lali, ¿lo has llamado?

¡Quién me mandará a mí trabajar con fantasmas! Hemos hecho un esfuerzo de producción increíble, la ambientación está logradísima, teníamos previsto un gran final... Hubiéramos enlazado con la segunda parte sin ningún problema... ¡Albert! ¿Dónde coño te metes? ¿Te estoy hablando a ti o a la puta cámara? Eulalia, ve inmediatamente con un taxi a casa de ese cabrón... igual se ha quedado dormido. Dile que tenemos el decorado montado... que está todo listo... ¡que si no viene lo voy a hacer cortar en pedazos!... Lo último no se lo digas... tratemos de tener la fiesta en paz... Albert, veamos las luces... y los masters del universo... ¿Dónde están? ¿Esas...? Pero si son dos locazas impresentables... Bueno, espero que con la barba crecida disimulen un poco. Cuando terminen de vestirse me los traes... ¡No! Ahí pondremos poca luz... luego haremos inserts de los primeros planos. Sí, que no se afeiten. Tienen que parecer machos... dar morbo a los espectadores, hacer creíble la escena... Sabéis muy bien que yo soy un hiperrealista... ¿Y tú quién eres? Un actor... ¿No te dijeron que no te afeitaras? ¡Joder, estás más guapa que la Amparito Castro! Oye chico, a ver si nos entendemos: esto va de cinco presidiarios muertos de hambre, con ganas de follar acumuladas, ¿entiendes? Cinco machos brutales que están presos hace la tira de tiempo y sin comerse un puto rosco... ¿Entre ellos? Se supone que entre ellos no pasa nada... Serán muy amigos... ¡yo qué sé! ¡Por qué no se lo preguntas al guionista! Vete con el Albert. Te quitas todo el maquillaje... te despeinas... Que te pongan un poco de sombra... pero no en los párpados, querido, sino aquí, para que parezca barba de varios días... sí, exactamente, como Miguelito Bosé... ¡Joder! Esta no ha visto un macho en su vida. ¡Albert, espero que al menos las

193

tengan grandes, si no te juro que el mes que viene estás trabajando de nuevo en la telefónica! ¿Por qué mierda no me habré quedado en Estados Unidos? A esta altura sería jefe de camareros del Five Fingers y tendría un sueldazo asegurado... El Paco, ése es el culpable... si hubiera hecho oídos sordos a las llamadas del Paco... ¡Lali querida! Dime que me traes buenas noticias... no, ya te veo la cara. Cuando llegas con los párpados caídos es que algo no anda bien. ¡Eh, usted! Esto es privado, no se puede entrar, ¿qué hace usted aquí?... ¿Cómo que está contigo? Te pido que me traigas a Harry y te vienes con este otro... ¿Amigo de nuestro galán? ¡Ah!, conque también usted es actor... Lo que pasa es que lo nuestro no es Shakespeare, ni teatro de vanguardia con gente arrastrándose por el escenario entre ayes de dolor... No sé si le habrán dicho que aquí hacemos cine intimista, de amor... películas de amor con un fuerte contenido erótico... Y ésta, sin modestia, es nuestra producción más ambiciosa. ¿Usted vio Lo que el polvo se llevó? Una pena, porque se enmarca en la misma línea. Ya tenemos la continuación totalmente planificada. El título es un poco largo, pero tiene un gancho indiscutible: Adivina quién viene a follar esta noche por segunda vez. Yo creo que eso de que las segundas partes nunca fueron buenas es algo de otra época... pasó a la historia. Que se lo cuenten a Coppola con El Padrino... ¿Y Loca Academia de Policía? Mire La guerra de las galaxias, si no hubiera tenido continuación, ¿sería tan famosa? Además el gran público necesita, me ha oído bien, ne-ce-si-ta que le repitan las cosas. Gracias a todos los muertos vivientes con sus decenas de noches distintas, montones de gente se ha enterado de lo que es un zombie. Eso también es cultura. Cultura de masas, pero cultura al fin.

Perdón, ¿cómo se llama usted? Leandro, ¿Leandro qué? Ah, Leandro Iglesias... No, no se puede decir que sea un nombre con mucho sex-appeal. Sin ánimo de ofender: no está mal para una carrera eclesiástica, pero para el cine... Church... ¿qué le parece Church... Lean Church? Yo soy partidario de no perder el tiempo con sandeces: el éxito de un actor depende en gran medida de su nombre, y al suyo propio, perdone mi franqueza, le falta carisma, proyección internacional. Nosotros bautizamos a Harry, ¿verdad Lali?, y ahora él se permite faltar a las filmaciones... Como una gran estrella. Si siguiera llamándose Juan Antonio Nosécuántos, como cuando llegó hasta nosotros, ¿usted cree que podría darse esos lujos? Church, me gusta Church. Un apellido poco usual, con reminiscencias góticas. No sé si usted sabe algo de inglés... Si no es así, le aconsejo que comience a aprenderlo. Actualmente es imposible llevar adelante una carrera seria sin el manejo fluido de la lengua del inmortal cisne de Avedon... Fíjese en Sarita, en Antonio: de Madrid al cielo... bueno, también se puede despegar de Barcelona: con el puente aéreo son sólo dos minutos. Era una broma, hombre, solamente una broma... para que vayamos conociéndonos, ¿no le parece? Albert, ¿se ha sabido algo del protagonista? Nada, ¿verdad? ¡Esto es el cine, Leandro! Hemos hecho una cuantiosa inversión, alquilando este local, montando esta escenografía, contratando figurantes, y ¿todo para qué? Para ver cómo el dinero se nos escapa de las manos gota a gota, minuto a minuto... Quizás esto sea el fin de Producciones Eros Europa, Sociedad Anónima. Piense que un director fuera de serie, el mismísimo Coppola, tuvo que vender hasta su casa por el fracaso de una película. ¡Una pena, una grandísima pena! Sobre todo porque de nosotros dependen decenas de personas, gente humilde que está viendo peligrar sus puestos de trabajo, y, con ellos, el pan de sus hijos... Escuche Leandro: nosotros somos como una gran familia, y como tal nos entendemos maravillosamente bien. No hay fricciones entre la gente del equipo... Bueno, algunas veces, muy de tanto en tanto, el nerviosismo produce un ligero cortocircuito... No, no, Leandro, no se preocupe. Es sólo una metáfora. También Albert sabe mucho de electricidad. Quería decir que a veces surgen pequeñas discusiones en medio del rodaje... Generalmente por mínimas diferencias en los planteamientos estéticos. Cosas sin importancia, que en vez de separarnos nos unen como una piña... Más aún, si cabe. Albert, querido, ¿están listos los violadores? Ah, muy bien... que se distribuyan por el decorado. Proyecta las rejas sobre el piso... Perfecto, querido. ¿Qué le parece? Un sutil homenaje a los grandes maestros del expresionismo alemán. Una lóbrega celda de principios de siglo donde cinco hombres brutales esperan al protagonista para hacerlo objeto de sus más bajas pasiones. Cinéma verité, neorrealismo adaptado al momento actual, eso es lo que hacemos. Una dura labor artístico-empresarial, creando ilusiones, pero también innumerables puestos de trabajo. Sin desalentarnos... porque quizá nunca recibamos ni una mínima recompensa por nuestro trabajo... Jamás nos han entrevistado en televisión, posiblemente no nos otorgarán un Oscar... Imagínese, trabajando tan modestamente, aquí, en España... Pero todo se andará, no le quepa la menor duda. A todo esto: del galán ni noticia, ¿verdad, Lali? Dígame una cosa, Leandro, ¿usted nunca ha pensado en hacer cine?

196

A las veintiuna horas y cuarenta y cinco minutos del día 27 de julio, Catalina Pedreras de Ferrer, más conocida por Catty, se dirige a la casa de Enrique con la intención de rescatar algunas joyas que supone en poder de Juan Antonio, a quien ella conoce como Harry. La guía, en realidad, un interés morboso: conocer personalmente al que ella supone el corruptor de Francisco Ferrer, alias Paco, su marido. Antes de salir de la casa, coge al pasar una pesada estatuilla de bronce que representa una airosa dama con miriñaque y sombrilla y la mete a presión en un bolso que después cuelga de su hombro.

A la diez menos diecisiete minutos del mismo día, Pedro Fernández Gil, Pedrito, transmite al conductor de un taxi la dirección de la casa de Enrique. Está decidido a enfrentarse con Juan Antonio, Harry, para que éste deje de molestar a su amante, el empresario Francisco Ferrer, más conocido como el Paco del Anfora. Recurrirá, si es necesario, a la violencia. Por ello ha metido en una pequeña cartera de mano, la navaja de empuñadura nacarada con la inscripción «Recuerdo de Albacete» que le regalara hace años su madre.

Un poco antes de las diez de la noche del mismo día 27, Roberto F.A.Z., conocido diseñador barcelonés, harto de dejar mensajes en el contestador automático de Enrique, sube a su BMW dispuesto a recuperar el ejemplar de *Art Erotique Japonais* que Juan Antonio sustrajera de su casa. Convencido de que está tratando con un peligroso delincuente, y con el único objeto de amedrentarlo, lleva en el bolsillo de su recién estrenada chaqueta Saville Road una pequeña pistola de colección sin proyectiles.

Paco Ferrer, que, expulsado por la fuerza del domicilio matrimonial, vive ahora en un pequeño estudio de la calle Muntaner, mira su reloj: 27 de julio, 21 horas, 24 minutos. Ha decidido pasar esa misma noche por casa de Juan Antonio para prevenirlo contra Catty, su mujer, que aconsejada por Pedrito, su ex amante, está dispuesta, según dijo, «a castrar con los dientes» a su actual representado, también conocido artísticamente como Harrison Jaguar. Citará por teléfono a Manuel Bigati, guardia jurado del Anfora y ocasional chófer de la camioneta del local, para que pase a buscarlo después de las once y treinta horas por el piso que el joven gallego comparte con Enrique Izabi.

El mismo 27 de julio, a las nueve en punto de la noche, Enrique Izabi desciende las escaleras de la estación Diagonal, después de haber decidido, con ayuda de una dorada moneda de cien pesetas tirada al voleo, poner fin a una larga disputa sobre las conveniencias o desventajas de los desplazamientos en metro. Lo acompaña Juan Antonio Campos, con desgana e insistiendo, pese a su elección desafortunada de la cruz de la moneda, en que el uso de un taxi les hubiera permitido llegar a la cita sin demoras, y que, como siempre, la preocupación de su compañero por el ahorro es excesiva y sin fundamentos.

Mercedes Areque, enfundada en un largo vestido negro de algodón, mira una vez más, ansiosa, su pequeño reloj pulsera. Son las nueve y cinco de la noche y ninguno de sus invitados ha llegado todavía. Patricia Zampaglione, su compañera de piso, da los últimos toques en la cocina a los preparativos de la cena. La mesa está puesta y alrededor de ella seis asientos diferentes —cuatro de ellos prestados por sus vecinos— esperan a los pocos amigos íntimos de Merche, dispuestos a celebrar junto a ella un nuevo cumpleaños, una nueva casa, un nuevo trabajo. Le alegra, aunque casi no pueda creerlo, que Harry y Enrique hayan aceptado sin excusarse la invitación que Patricia les hiciera por teléfono.

—*Soy yo de nuevo. Espero que no se hayan olvidado de esta pobre mesa auxiliar, ahora arrinconada y rota. Sí, estoy baldada. De mis cuatro torneadas y graciosas patas, solo quedan tres en su sitio. La cuarta sirvió como arma defensiva en manos de un señor no demasiado alto (sí demasiado obeso, también bastante calvo) al que todos decían Paco, salvo una mujer muy puesta y con proporciones parecidas a las mías que insistía en llamarlo Francisco Quémeashecho. Desde que vi entrar en casa a doña Rosita, la portera, con esa señora vestida de fucsia (un color que, entre nosotros, le quedaba horrible), comprendí que algo anormal estaba pasando, aunque intenté tranquilizarme pensando que sería alguna interesada por el piso, ya que había oído a Enrique hablar de la conveniencia de un cambio de casa. Al ver que la rotunda paticorta apoyaba sobre mí una horrorosa estatuilla de pesado bronce, me dije, ingenua de mí, que habían llegado a un acuerdo con mobiliario incluido. Deprimida, porque maldita la gracia que me hacía depender de aquella señora, con toda seguridad fanática de los perniciosos limpiamuebles en aerosol, no llegué a oír el nombre con el que se presentó un delgado personaje de movimientos nerviosos, que, aprovechando que la* puerta estaba abierta, se había metido cual Pedro por su casa en nuestro piso. Como la gordita dijo conocerlo, la portera preguntó si pensaban esperar al señor Izabi, porque si era así, ella los dejaba solos: prefería retirarse a sus aposentos para ver un programa especial de «El Puma», su cantante preferido y, con toda seguridad, el mejor del mundo. Este aserto produjo comentarios irónicamente peyorativos que doña Rosita Castro ni siquiera oyó, conectada desde antes de encender el aparato con el galán canoro de sus sueños. Apasionados, la gordita de fucsia (por defender la música nacional de toda la vida, de la que sin duda alguna Perales era el máximo exponente) y el nervioso (por exaltar a los jóvenes grupos del pop nacional que como Gabinete Caligari, demostraban que España podía arrasar a nivel internacional, copando todos los primeros puestos en los rankings mundiales) ni siquiera se enteraron de que la portera se había marchado cerrando suavemente la puerta tras de sí. Un instante después sonó el timbre y, totalmente compenetrada con su papel de ama de casa, la propietaria del bronce franqueó la entrada a Roberto F.A.Z., ese pedante que alguna vez osó criticarme, llamando decadente a Enrique por haberme preferido entre otros muebles de «concepto avanzado». Ninguno de los presentes parecía particularmente preocupado por la invasión de un lugar que no les pertenecía en absoluto. El sujeto magro de la voz altisonante se ofreció para preparar café, una bebida que jamás se consume en esta casa, pero como los otros habían comenzado a contarse sus desdichas dejando bien sentado que los culpables de las mismas eran «ese delincuente habitual» y «su miserable encubridor», prefirió olvidarse de la infusión uniéndose a los detractores. Enrique y Juan Antonio fueron acusados de: traidores, la-

drones de poca monta, degenerados, terroristas, psicópatas, corruptores, enemigos de los sagrados vínculos del matrimonio, estafadores de alto nivel, invertidos de la peor especie, maricas de alcantarilla, drogadictos encubiertos, dementes, payasos y soretes, expresión esta última que produjo cierto estupor en la señora de fucsia y un gesto de desagrado en el exitoso diseñador. A partir de ese momento los hechos se sucedieron de forma vertiginosa. Volvió a sonar el timbre, pero esta vez el encargado de abrir la puerta fue el del vocablo escatológico, que al ver al recién llegado, gritó, dirigiéndose a los otros como si de presentarlo se tratara, «Paco Estaquí», lo que hizo que la mujer saltara del sofá donde se hallaba y cogiendo la escultura con sombrilla, se abalanzara hacia la puerta al grito de «Francisco Quémeashecho» con clara intención de producirle daños físicos al de variado nombre. Como si de arrebatarle el Oscar a un competidor se tratara, Roberto F.A.Z. se lanzó sobre la portadora de la estatuilla con pretensión de quitársela, logrando tan solo que ésta, frente al intento, decidiera lanzarla sin demoras a la cabeza del sorprendido Francisco, que si bien no terminaba de entender aquel caluroso recibimiento, gozaba todavía de reflejos suficientes como para agacharse. En ese momento pude ver cómo el gato de Enrique se salvaba por los pelos (nunca mejor dicho) y huía corriendo de la casa. Somos almas gemelas: los dos odiamos el ruido, los altercados y los movimientos bruscos, pero la diferencia estriba en que mis patas, más altas y torneadas que las suyas, no me permiten escapadas. Si yo hubiera podido salir de la habitación como él lo hizo, quizás aún estaría entera. No fue así, y el cuerpo de la poco acertada lanzadora, perdido el equilibrio, fue a parar sobre mi lustrosa superficie.

201

Como ya he contado, tres de mis patas aguantaron el golpe, pero la cuarta se quebró, dejándome convertida en un absurdo parapeto. Nadie recogió a la gorda: el diseñador, aprovechando la confusión general, buscaba afanosamente no se qué cosa en las estanterías, mientras el delgado personaje de nombre desconocido, atendía de rodillas, y con evidentes muestras de preocupación, a Paco Francisco Nosécuántos que, desde el suelo, lo acusaba de ser el único responsable de todo lo ocurrido, llamándolo, indistintamente y a gritos, Mariconazo, Delator y Confidente de la Catty. Esta, aún derramada por la habitación y sin poder reponerse de la caída que me había destrozado, comenzó a dar alaridos cual una poseída, pidiendo a Dios que viera aquello y a la Virgen de algún lugar remoto de España que le otorgara las fuerzas necesarias para poder castigar tanta ignominia. Como si la Virgen hubiera estado alerta a su pedido, Catty volvió a ponerse en pie plena de energía. Despeinada, con un siete en la falda que dejaba al descubierto uno de sus rozagantes muslos y con, ¡ay!, mi pata en la mano derecha, parecía una reina de bastos dibujada por algún artista de vanguardia. Cuando el Confidente, que seguía arrodillado, se percató de que la señora estaba armada, gateando con especial habilidad se introdujo en el dormitorio, mientras perdía por el camino una pequeña navaja que fue a parar a manos de Francisco Paco.

»—Mujer, deja ese garrote, no seas tonta. Todo se aclarará.

»—¡Asqueroso, más que asqueroso! ¡Pervertido! ¡Me has estado engañando durante años! ¡Diciéndome que el sexo era una cosa impura mientras te hacías follar por cuanto chulo encontrabas por la calle!

202

»—Mujer, no exageres. Estás alterada, no sabes lo que dices... Este mariconazo te ha llenado la cabeza de mentiras. No debes creerle: está despechado porque jamás hice caso a sus requerimientos. Es un anormal, un sarasa. ¿No ves cómo se mueve?

»El despechado Confidente, que estaba escuchando todo desde la otra habitación, empezó a quejarse a gritos de lo injusto de su suerte, siendo que había entregado los mejores años de su vida y la frescura de su cuerpo joven e impoluto a ese cerdo analfabeto, vergonzoso productor de material pornográfico. Roberto F.A.Z. mientras tanto, quizá convencido de que su búsqueda no daría resultado y seguramente harto de presenciar escenas propias de gente de muy baja estofa, sacó del bolsillo interior de su chaqueta de corte impecable, una pequeña pistola con la que encañonó a la pareja desavenida, obligándolos a soltar las armas. Logrado su propósito, reculó hasta la salida, y, antes de hacer un mutis definitivo, dejó que su esbelta y bien vestida figura se recortara en el vano de la puerta. Desde allí, absolutamente convencido de que sus palabras finales eran necesarias y sin dejar de empuñar su arma, dijo:

»—He venido a buscar una joya artística y me he encontrado con los restos malolientes del cubo de la basura. No es mi elemento. Adiós... y espero que podáis resolver vuestros miserables conflictos sin llegar a la sangre.

»Ninguno de los directamente implicados se tragó la respuesta.

La señora: ¡Vete a cagar, soplapollas!
El señor Francisco (mientras aprovechaba la situación para apoderarse de mi pata): ¡Tu elemento lo conozco muy bien, maricona remilgada!

203

El despechado escondido: *¡Y el conflicto está en que tienes el culo fruncido, loca envidiosa!*

El señor Francisco nuevamente: *¡Catty, mira lo que tengo en la mano! ¡Si no quieres que lo meta en tu gordo trasero de un solo golpe, ve hacia la habitación ya! ¡Y cuando digo ya, es ya! Tú, yo y ese maricón de mierda tenemos que hablar.*

»Y allí se encerraron los tres. Poco después un corte de luz dejaría el piso a oscuras y me hundiría en la desesperación. Pese a que todavía no conocía el alcance real de mi drama ni el destino de soledad y abandono que me esperaban, tenía bastante con mis problemas personales como para seguir ocupándome de «sus miserables conflictos».

Bigati se despierta sobresaltado.

De pronto, en medio de un sueño, le ha parecido oír una respiración agitada. Sin salir totalmente de su adormecimiento, se pone de pie, dirigiéndose esperanzado hacia la habitación contigua. «El Paco está vivo. Todo esto ha sido un mal sueño», piensa, mientras se agacha para mirar bajo la cama. El inquilino del subsuelo sigue allí, tan inmóvil como siempre, pero ahora Bigati puede oír con mayor claridad una especie de jadeo contenido, que llega, ahora sin duda alguna, desde el interior del armario empotrado.

—¡Catty! ¿Qué hace usted aquí, señora?

—¡Recoger setas, cabrón! ¿No has visto el finado que hay abajo de la cama? Me lo he cargado yo. El muy hijo de puta me ha estado enganando duran-

te años, y yo de Mary Poppins, en una nube de algodón.

—No sé qué piensa hacer ahora...

—Dependerá bastante de lo que quieras hacer tú.
Yo por mí lo tiraba a la basura. Total, testigos no hay.
El maricón ese, el «Pedrito», se descolgó por la ventana del baño cuando aún el Paco estaba vivo. Alega-
ré accidente, discusión violenta, intento de asesinato,
cualquier cosa. Te juro que a la cárcel no voy. Tengo
documentos fotográficos de todas sus porquerías, y yo,
como esposa, he guardado una conducta intachable.

—Y antes... ¿Cómo es que nunca llegó a enterarse
de nada?

—Porque supongo que jamás me importó su vida...
ni a él la mía. Cumplíamos con nuestra función como
buenos profesionales. Dime: ¿a ti también te mamó la
polla?

—¡Señora!

—Conmigo no te hagas el idiota, borracho morboso. Vi cómo te la meneabas encima del cadáver.

—¡No es cierto!... Bueno... la verdad es que todavía
no lo había visto. No sabía que estaba allí...

—¿Sabes que a partir de ahora te quedas sin em-
pleo? Muerto el perro...

—Entonces tendré que dar cuenta del fiambre...

—Espera un momento. Todo se puede arreglar.
¿Cuánto te pagaba mi marido? Yo te daré el doble.
A partir de ahora seré una rica heredera. Una viudita
alegre.

—No sé qué decir...

—No digas nada y bájate los pantalones. Quiero
que compruebes que puedo mamarla mejor que él.

—¡Señora!

—Vamos, macho, llámame Catty y métemela en la boca. Quiero empezar ya mismo a recuperar el tiempo perdido. Mira cómo estoy: gordita pero muy firme. Estas carnes casi no han sido tocadas... Observa qué tetas... Venga, no te hagas el tímido. Tócalas. Tengo unos pezones que parecen uvas. Si te portas bien no te arrepentirás.

—Me corta un poco que él esté todavía allí... debajo...

—Haz como yo, hombre: olvídate. Yo, como verás, ya lo olvidé. Muerto y enterrado. Mira, mientras tú te relajas, yo te bajo la cremallera y... ¡fíjate...! ¡me encuentro esta maravilla bien dura! ¡Bravo! La Catty te va a comer ese pedazo como nunca nadie te lo ha comido antes...

—Parece que la señora tuviera hambre acumulada...

—¡Que lo digas! Pero ahora cállate y cumple con tu trabajo. ¡Mira qué par de huevos tan bonitos...! ¡Y qué olor a macho! Qué pena de desperdicio esa paja que te has hecho...

—No se preocupe. Me llaman el siempre listo. ¿Quién le enseñó a chuparla? ¿El maricón de su marido?

—No, la muy puta de tu madre.

—Habla demasiado. Y es muy maleducada. ¿Nunca le dijeron que no se habla con la boca llena?

—¡Llena! ¿A esto le llamas tú llenar?

—Si se mete los dos huevos en la boca... de esta forma... ya no podrá decir nada más... Y ahora yo le paseo mi chorizo por la cara... Fíjese, así. ¿Le gusta, putón?

—Bájate los pantalones por favor... quisiera lamerte el culo...

—Viciosa la señora...

—Hummm, qué rico... y mira lo que se ve por aquí... la punta de una gruesa polla asomándose... seguramente para que mamá le pase la lengüita a ella también...

—Venga aquí, gorda puta, se la daré en la cama. Eso sí, siempre que me lo pida de rodillas y por favor... Quiero oírla decir «fóllame, por favor»... bien fuerte.

—Fóllame por favor... méteme tu gruesa polla en el coño... ¡Uauuuu!... ¡Me encanta!... ¿Te gusta así, con la ropa puesta?

—No hable tanto, fulana, no hable tanto. Limítese a mover el coño, que cuando me canse de él le voy a romper el ojete. ¿Se da cuenta que se lo estoy haciendo encima de su marido? Su difunto marido... ¿Sabe cómo le gustaba a él? Venga, póngase aquí... abra las rodillas... las nalgas más arriba... así. Muy bien, es una alumna aplicada. ¿La siente en la puerta? Diga, ¿la siente?

—Sí, siento algo caliente y vivo... algo suave y gordo como una ciruela... Pero, por favor, dile que entre, que la casa está abierta, que no se haga rogar... A mi cuevita encantada le gusta muchísimo recibir visitas de extraños...

—¡Qué lástima! Parece que mi muchacho ya no quiere... Creo que se asusta ante ese culo tan hambriento... Tiene miedo de que lo devore de un bocado...

—Si no tardas demasiado te aumento el sueldo...

—Aun así...

—Doble aguinaldo...

—No sé qué decir...

—Horas extraordinarias...

—Parece que está menos temeroso: ya casi ha metido toda la cabeza dentro...

—Seguro de desempleo...

—¡Muerde la almohada, hijaputa!

—¡MmmmmAAAAAAUUUUU! ¡Contrato irrevocable!

—Lo que he dicho antes: es mejor no hablar. Aquí estoy, milagrosamente salvado de muerte por la estatuilla. No iba dirigida a mí, pero lo mismo da, porque cayó a escasos milímetros de mi frágil cabeza felina. Es evidente que no gusto a las mujeres: si no tratan de envenenarme con lejía, me quieren matar descerebrándome con esculturas baratas de dudoso gusto. Por suerte hemos escapado todos, los de la casa al menos. Yo, aprovechando que el señor del B vive solo y es bastante indiscreto, me filtré por la puerta entreabierta. No me arrepiento, es una persona muy simpática y un excelente anfitrión. Ha tenido la delicadeza de ofrecerme agua fresca, unos exquisitos trozos de jamón de York y hasta los restos de una pechuga de pavo. También me ha preguntado con tono cariñoso detalles del altercado, por supuesto sin esperar respuesta. Aunque de haber podido contestarle, jamás lo hubiera hecho con la boca llena. Yo sé muy bien que es de pésima educación.

Un trozo de tarta de chocolate, media botella de cava tibio, algunos pocos frutos secos: sobre el improvisado mantel de tela a rayas sólo quedan restos. Sin embargo, tanto Patricia y Mercedes como sus cuatro invitados, siguen sentados alrededor de la mesa, dado que el apartamento no cuenta todavía con más mobiliario que el que está a la vista y dos amplios colchones en los dormitorios. Enrique, chispeante gracias a la ayuda del alcohol que habitualmente no consume, acaba de contar un chiste —el cuarto de la noche— que todos los demás festejan con risas y comentarios. Se hace un silencio. Juan Antonio anuncia su intención de «continuar la fiesta en una disco» con todo aquel que quiera acompañarlo. Mercedes dice «yo» sin dudar un instante. Patricia pregunta la hora. Enrique hace el gesto de mirar su reloj y se da cuenta de que no lo lleva puesto. Mercedes pregunta: «¿No lo habrás perdido, verdad?», recibiendo como respuesta que si así fuera no tendría ninguna importancia, porque se trata, solamente, de «la copia barata de una firma cara». «Mejor así», sentencia la poetisa, y luego de acercar su muñeca a la luz agrega: «Las tres menos cuarto», lo que produce bastante sorpresa en el resto de los comensales, que comienzan a preguntarse cómo es posible que el tiempo haya pasado tan de prisa sin que ninguno de ellos se hubiera percatado. «Me extraña en mí, que lo llevo tan medido», dice con cara de estupor Pablo Vergara. Pese a que la calvicie prematura y las gruesas gafas de aumento pudieran hacer pensar lo contrario, el doctor Vergara es casi tan joven como su mujer, aunque ambos, según han comenzado a explicar, son de costumbres muy metódicas y sus tempranas ocupaciones matinales les impiden continuar la reunión, «tan encantadora, por cierto», durante más tiempo. El aviso de una posible desbandada provoca variados comentarios.

Patricia: ¡Qué pena! No les he ofrecido ni un café.

Doctor Vergara: Gracias. Nunca tomamos de noche. Nos quita el sueño.

Juan Antonio: Pensé que iríamos todos a bailar...

Merche: Yo pienso ir, aunque sea sola...

Patricia: Bueno, un tecito de manzanilla siempre cae bien...

Enrique: ¿Todavía no estás cansado?

Juan Antonio: Venga, a ti porque no te gusta bailar...

Marisa Bruhl (esposa del doctor Pablo Vergara): A mí lo único que me apetece es meterme en la cama...

Patricia: O unos mates... ¿Nunca tomaron mate?

Marisa: Yo nunca, pero no me importaría probar.

Doctor Vergara: Tendrá que ser otro día. Los llamaremos para que vengan a casa. Eso sí, después de agosto...

Marisa Bruhl: Podemos hacer una barbacoa en la terraza...

Juan Antonio: ¿El Studio 54 te va?

Merche: Sí, me pongo algo más cómodo y salimos.

Enrique: Conmigo no contéis...

Patricia: Yo tengo los pies en la miseria. Me pasé el día de aquí para allá.

Juan Antonio: Os estáis poniendo mayores...

Los Vergara: Bueno... Mejor despedirse... Buenas noches a todos...

Juan Antonio: ¿No os molestará acercarnos, verdad? Creo que vamos en la misma dirección.

Enrique: Yo me voy a casa.

Patricia: Después de tomar unos mates... ¿no es cierto? Yo, con la marcha que llevo, dudo que pueda dormirme.

Merche: ¡Vale! Entonces nos vemos de nuevo aquí...

Enrique: No les aseguro nada.

Juan Antonio: No asegures nada, pero, por favor, sonríe. ¡Venga! Mi reino por una sonrisa... Bueno, como quieras... tampoco una sonrisa vale tanto. Deu...

Todos: Deu...

Patricia: Parece que nos quedamos solos... Mientras vos... tú te relajas, yo me voy a preparar un mate.

Enrique: Bueno, ¿y cómo lo tomas?

Patricia: Dulce. Yo al menos lo tomo dulce. Dicen que, para amargo, ya bastante tenemos con la vida.

Barcelona, septiembre de 1992